ISAAC ASIMOV

以撒·艾西莫夫

基地三部曲之二

Foundation and Empire

基地與帝國

【各界推薦】

「基地是我的經濟學啓蒙之作。」

——保羅・克魯曼（Paul Robin Krugman，二〇〇八年諾貝爾經濟學獎得主）

「科幻大師的星際預言，歷久不衰的璀璨經典。歷史與銀河交織而成的星圖，映照出人性的勇敢，同時也見證了人心的墮落，眼見時代無情遞嬗，人們該如何傳承寶貴的文明與記憶？且讓我們搭乘艾西莫夫巧手鑄造的太空船，航向不可知的宿命終站。」

——何敬堯（奇幻作家、《妖怪臺灣》作者）

「艾西莫夫的《基地》系列以充滿懸疑的精彩情節，形塑出瑰麗壯闊的銀河史詩！毫無疑問是一部老少咸宜、值得代代相傳的科幻經典！」

——李伍薰（海穹文化總編輯）

「『基地三部曲』與後續系列，一部接著一部翻轉讀者的思維，一步接著一步開展宏大的計劃。科幻界不可多得的巨構，不看到最後絕不能罷手！衷心期盼這部經典著作在台灣再度掀起熱潮。」

——李知昂（，科幻作家，第一屆倪匡科幻獎首獎得主）

「……科幻長篇作品之最，令人廢寢忘食的經典之作。」

——（台大星艦學院前任社長）

「我小時候就是看艾西莫夫長大的。」

——唐鳳

「本書所要描述的，便是全宇宙的精英們如何窮盡一切知識與智慧，來推演出一場橫跨千百年的鬥智決戰。」

——夏佩爾（作家，第二屆倪匡科幻獎首獎得主）

「艾西莫夫的重要科幻小說都能提出令人耳目一新的奇幻因素，成爲後來科幻小說的典範。」

——張系國（知名科幻作家）

「艾西莫夫從年輕就創造了一個宏大的宇宙，萬萬沒有料到，會是他終其一生都說不完的偉大史詩。」

「科幻小說是個極具彈性的文類，不只能夠帶領讀者探索未來，也能包容過去歷史的脈絡。且看艾西莫夫，如何藉著基地這千年的未來史詩，帶領我們穿越帝國衰亡的時代，反思人類文化發展途中的必然與意外。」

——張草（作者兼醫師兼科幻作家）

「基地的偉大，不是莎士比亞那種偉大，而是因爲它最初是刊登在一本兩毛錢的科幻雜誌上，讀者平均年齡是十二歲，而十二歲的孩子看到基地裡的人類遍布整個銀河，跨越幾萬年的興衰起落，他們對世界的想像就不一樣了，例如比爾·蓋茲和伊隆·馬斯克。」

——陳心一（交大科幻科學社前任社長）

——陳宗琛（鸚鵡螺文化總編輯）

「在艾西莫夫的《基地》中，歷史並非翻過的書頁，而是滾滾洪流，下一秒出乎讀者預料，卻都在謝頓的掌握中。」

——陳湘婷（交大科幻科學社前任社長與創社社員）

「基地三部曲，以及後續的『基地系列』，不僅是首開銀河史詩的一部經典科幻，還卓然傲立於其他一切太空科幻的創作之上。它的價值、內涵、深度、情節、構思，遠非其他作品所能望其項背。『基地三部曲』不只是一套提供娛樂故事的小說，它還飽藏了科學、人文、社會、歷史和哲學的豐富意涵。它也不只是一部科幻經典，還可列入世界文學經典而當之無愧。」

——陳瑞麟（中正大學哲學系講座教授）

「艾西莫夫以其無限想像展示其快意飛越，引領讀者馳騁銀河星空，穿梭億萬光年宇宙。」

——黃海（知名科幻作家）

「未來的歷史、科幻的極致、城邦的《基地》。」

——葉言都（科幻作家）

「沒有艾西莫夫的《基地》，大概就沒有喬治盧卡斯的《星際大戰》……」

——難攻博士（【中華科幻學會】會長兼常務監事）

「在『基地』系列中，本身便是科學家的艾西莫夫獨創了一個貫通全書的『心理史學』，綜合了『氣體運動論』（物理學）、『群衆心理學』（心理學）、『歷史決定論』與『群體動力論』（歷史學），以一位不世出的心理史學巨擘謝頓爲主要人物，讓他以宏觀的角度預知了書中銀河帝國行將出現的悲慘命運，並試圖力挽狂瀾，改變似乎無可避免的大黑暗時期到來……

——**蘇逸平**（科幻作家）

還有**冬陽**（推理評論人）、**郝廣才**（格林文化發行人）、**臥斧**（文字工作者）、**張元翰**（中央研究院物理研究所研究員）、**陳穎青**（資深出版人）、**廖勇超**（國立台灣大學台灣文學研究所副教授）、**詹宏志**（知名文化人）、**謝哲青**（《青春愛讀書》節目主持人）、**譚光磊**（知名版權人）等人列名推薦。

【譯者序】

生命中最美好的事物

葉李華

在元旦假期剛剛結束，即將恢復單調作息之際，心有不甘的加菲貓想方設法要延續節慶的氣氛，最後找到一個絕佳的藉口，開始大張旗鼓慶祝艾西莫夫的生日……

這是整整三十年前，發表在許多報紙上的一則漫畫。由於只是幽默小品，漫畫家並沒有特別指出，正如十二月廿五日之於耶穌，一月二日也並非艾西莫夫眞正的生日。原因有點難以置信，艾西莫夫的父母居然忘了他是哪天呱呱墜地的，於是他在懂事後，便很有主見地替自己做了決定。至於爲何選這一天，或許可說他希望自己盡量年輕點，因爲有證據顯示，他眞正的生日介於一九一九年十月和次年的年初。

這個看似無關痛癢的決定，後來在他生命中激起了一次蝴蝶效應。一九四五年九月，美國陸軍徵召了一批年齡不滿二十六歲的青年，名單裡赫然有艾西莫夫，據說還是最「年長」的一員。他就這麼陰錯陽差當了九個月的大頭兵，最後以下士官階退伍。幸好這時二次大戰已經結束，否則他爲國捐軀的機率恐怕不小。

假如在另一條歷史線上，艾西莫夫眞的英年早逝，當然是科幻界的一大損失。不過即便如此，我敢說他仍會在二十世紀科幻文壇享有盛名，甚至仍有可能和克拉克及海萊因鼎足而三，正如享年三十七歲的拉斐爾仍能躋身文藝復興三傑之列。

這主要是因爲艾西莫夫成名甚早，二十一歲就以科幻短篇《夜歸》（Nightfall）一炮而紅，而他最重要的兩大科幻系列——基地與機器人——在他從軍前已打下重要基礎，例如《基地三部曲》已經完成三分之二，機器人系列的重要角色也出現了大半。這麼豐盛的成果，已經超越不少奮鬥一生的專業作家，然而事實上，那時的他尚未正式踏出校園。

想必有人不禁要問，這位年紀輕輕的業餘作家怎能如此多產，而且靈感源源不絕？針對這個問題，艾西莫夫晚年寫了一篇短文，爲我們提供了第一手資料。在這篇題爲《速度》的文章中，他把自己的快筆歸納成三個原因：

一、他從未上過任何文學創作課程，也未曾讀過這類的書籍，所以心理上沒有包袱，只知道把自己想到的故事一股腦寫出來，然後不管成果如何，一律盡快交卷。

二、打從九歲起，他放學後還得在自家的雜貨店幫忙，寫作的時間少之又少，逼得他不得不下筆如飛，更正確地說是運鍵如飛，不過當然還不是電腦鍵盤。

三、他勤於筆耕有個非常實際的目的，那就是貼補自己的大學學費。當時的小說稿酬相當微薄，爲了確保收入穩定，他必須成爲多產作家，因爲並非每篇小說都賣得出去。

至於靈感源源不絕這個問題，我在他的第三本自傳《艾西莫夫回憶錄》中，找到了這麼一段話：

「原因之一，我不寫作時其實仍在寫。當我離開打字機的時候，不論是吃飯、打盹或盥洗，我的腦子仍在工作。偶爾，我能從自己的思緒中聽到幾句對白或幾段論述，內容通常都跟我正在寫或準備寫的故事有關。即使沒聽到這些聲音，我也知道自己的潛意識在朝這方面運作。因此之故，我隨時隨地都能寫作。或許可以說，我早已寫好完整的腹稿。只要坐下來，讓大腦開始複述，我便能以每分鐘最多一百字的速度打出來。」

除此之外，艾西莫夫的靈感偶爾也有意想不到的來源。在我搜集的資料中，要數下面三個最有代表性：

一、想當年，一位教父級的科幻主編相當賞識艾西莫夫，要他定期到雜誌社討論自己的寫作計畫，頗爲類似指導教授和研究生的互動。話說一九四一年八月一日（這個日子比他的生日更眞實），雖然早已約好要面見主編，但由於忙著碩士課程，艾西莫夫的靈感掛零。他只好在前往雜誌社的途中，利用「自由聯想」強行製造一個點子：他隨手翻開一本書，讓思想不斷自由跳躍，如此連三跳之後，銀河帝國就在腦海中誕生了。

二、一九五七年，艾西莫夫已經是著名的教授作家，有一天，他正在校對一本生物化學教科書新版的校樣，突然接到科幻雜誌的邀稿電話。抽不出時間的他不得不忍痛推辭，因爲校對雖然是苦功，他卻絕對不敢假手他人。沒想到剛掛了電話，正準備上樓工作的時候，他就在樓梯上想到一個好點子。等到進了書房，他不管三七二十一，把一大疊校樣丢到一旁，開始創作一篇以訴訟爲主軸的科幻小說，主角則是協助教授校對文稿的機器人。

當年我翻譯這篇小說，最頭痛的就是題目，因爲艾西莫夫玩了一個巧妙的雙關語遊戲（Galley Slave），直到我將正文翻譯完畢，才終於想到《校工》兩字。

三、一九七五年年初，艾西莫夫接到一個頗具挑戰性的稿約，請他以「兩百歲的人」爲主題寫個短篇，用以慶祝美國開國二百週年。他覺得這是個有趣的構想，不久就完成了自己最滿意的機器人故事《雙百人》，並於一九七七年榮獲雨果獎與星雲獎雙料冠軍。唯一美中不足的是，原定的國慶科幻專集胎死腹中，因爲其他答應撰稿的作家，不是後來跳票了，就是寫得文不對題或品質不佳……

對我而言，艾西莫夫是個永遠談不完的話題（倪匡這位「東方艾西莫夫」也一樣），爲了避免一發不可收拾，今天就聊到這裡吧。最後請容我再引述一句「壽星」的自白，當作本文的結語：「我一生所做的事都是自己最想做的，我絕不惋惜花在寫作上的一分一秒，也從不覺得錯過了生命中任何美好的事物。」

葉李華・二〇二一年一月二日

【推薦序】

科幻大師艾西莫夫的三塊磨刀石

郝廣才

劍要鋒利需要什麼？

磨刀石。人呢？什麼是人的磨刀石？

一九四一年八月一日，紐約一個二十一歲年輕人，在地鐵坐立不安。他要去見科幻雜誌的大編輯坎貝爾（John W. Campbell），談寫書計畫。但腦中一片漆黑，沒有一點燭光。他翻開手邊的書，目光在字裡行間散步。突然看見「哨兵」，聯想到帝國，他讀過兩回《羅馬帝國興亡史》，寫一個「銀河帝國」興亡史如何？

坎貝爾聽了，毛髮都站起來，他要年輕人立刻寫，每集要有開放式結局。年輕人心虛的回家，開始動手，從一九四二年連載八年，寫完《基地系列》。是的，他就是三大科幻小說家艾西莫夫（Isaac Asimov）。

艾西莫夫是猶太人，出生在俄國，一九二三年三歲時，父母帶他移民到紐約，爸爸日夜打工，存錢開了糖果書報店。九歲起，天天清晨五點起床，六點顧店，再去上學。放學後繼續顧店，沒事就拿店裡雜誌來讀，特別愛讀科幻小說，十一歲動手自己寫。

大量閱讀，練就過目不忘的功夫。在功課比記憶力的時代，十五歲讀完高中，申請哥倫比亞大學。校方說他「年齡不足」，叫他讀附屬社區學院。入學後，他發現問題不是年齡，而是種族，當時猶太人等同有色人種受歧視。一九三八年，學院倒閉，哥大只好收了所有學生，他轉入哥大。轉學空檔，創作短篇小說，成功賣出第一篇作品。一九三九年，大學畢業。窮人翻身的捷徑是什麼？當醫生。他申請醫學院，收到五封拒絕信。不是不夠優秀，眞的原因是「猶太人」。不信邪再敲一次門，再吃五回閉門羹。等待中寫了第一則機器人故事，原本想寫令人同情的機器人，越寫越覺得，機器人是工程師設計的產品，內建的邏輯和安全機制，不該引發情緒，也不可能威脅人。這段思考，埋下日後「機器人三大法則」的種子。

被醫學院拒絕，沒有澆熄深造的熱情。他改申請哥大化學研究所，結果呢？被拒絕。他跟校方談先試讀一年，表現不好自動離開。哥大同意，他拼命讀書，用力打工，努力寫短篇小說投稿賺錢。兩年拿到碩士，累積登出三十一篇作品，認識很多編輯，他遇到文學生涯第一個高人《驚奇科幻》雜誌主編坎貝爾。

坎貝爾習慣找作者聊天，丟出問題給作者接招，激發創作潛力。他跟艾西莫夫談愛默生的詩：「如果蒼穹繁星，千年方得一見。面對上帝之城乍現，人類如何敬畏、讚嘆、膜拜、世代流傳這份記憶？」

他好奇如果用這首詩爲題，能寫出什麼故事？艾西莫夫接過挑戰，二十二天寫出《夜幕低垂》Night Fall。坎貝爾投出變化球，艾西莫夫擊出全壘打！這篇作品讓艾西莫夫一炮而紅。

兩人不斷思想交鋒，推動他寫出架構龐大的《基地系列》。而且歸納出「機器人三大法則」，

一、機器人不得傷害人類，或坐視人類受到傷害。

二、在不違反第一法則的前提，機器人必須服從人類的命令。

三、在不違反第一與第二法則的前提，機器人必須保護自己。

他寫出《機器人系列》，被尊稱爲「現代機器人故事之父」。二戰期間，在海軍實驗室從軍三年。戰後再深造，一九四八年拿到化學博士，留在哥大研究瘧疾。隔年到波士頓醫學院擔任生化講師，堂堂學生爆滿。講課太受歡迎，即使沒有研究成果，也升任教授，得到終身俸。

期間寫出三大系列的《銀河帝國》首部曲，這是他第一本長篇小說，書在「雙日出版社」Doubleday 出版。編輯布雷伯利（Walter Bradbury）是第二個高人，他是科幻出版的造神手，他捧紅跟他同姓的雷．布雷伯利（Ray Bradbury），《華氏451度》的作者。

長篇小說出版，如同棒球員登上大聯盟。他興奮地寫新書，每一個句子都精雕細琢，反覆修改。布雷伯利客氣地問他，知不知道海明威會怎麼寫「第二天太陽升起」The sun rose the next morning？

他想了想，回答說不知道。布雷伯利說海明威寫的就是「第二天太陽升起」！這個當頭棒喝，敲醒艾西莫夫。從此他保持句子簡潔的風格，不再胡思亂想。同時用筆名「法國保羅」Paul French，寫兒童故事《幸運星》Lucky Star 系列。

一九五七年十月四日，蘇聯成功發射衛星史普尼克一號，震驚美國。他看到美國媒體如大夢驚醒，決定來寫科普文章來教育大衆。於是放下教書，專心寫作。一路寫了二十年，等於是最好看的科學百科全書。他一生寫超過五百本書，範圍涵蓋圖書所有分類，給書迷回了十萬封信；爲影集《星艦迷航記》Star Trek做科學顧問，打造科幻劇的經典。美國兒童能對科學深入理解，並產生巨大想像，都是經過艾西莫夫這道門。

他能有巨大產量，歸功三大習慣，

一，大量閱讀。他寫作的房間都堆滿上千本書。

二，專心寫作。他刻意在旅館租個房間來工作，只有一扇窗戶，打開看不見公園、街道，是一面磚牆。吃東西叫房間服務。早上八點寫到晚上十點，從不接受午餐和晚餐應酬。

三，快速切換。他在房間放六台打字機，每台顏色不一樣，上面要寫的東西也不同。一旦靈感卡住，立刻換到另一台打字機。他經常同時寫五個故事，最多是九個。

那人生的磨刀石是什麼？

三大磨刀石是書本、高人、還有挫折。寧靜的海是練不出傑出水手！如果你還沒有碰到什麼困境，那你的夢想就還沒有下床！

【推薦序】

宏大架構，有趣情節，以及重要啓發——關於「基地系列」

臥斧

一九四一年，美國紐約，年輕作家找雜誌編輯討論一個新點子。

雜誌編輯叫坎貝爾，一九一〇年生，二十出頭時以科幻作品邁入文壇成爲作家，一九三七年成爲《驚奇雜誌》的編輯；作家比編輯年輕十歲，十九歲時發表科幻小說，不到二十歲就拿到大學文憑。因爲投稿的因緣，作家和坎貝爾成爲好友，當時幾乎每週見面。一九四一年八月一日那天，作家告訴坎貝爾，他想寫個短篇小說，以眞實世界裡羅馬帝國衰亡的歷史爲底，講一個正在緩慢頹傾的銀河帝國。坎貝爾很喜歡這個點子，兩人聊了很久，最後作家決定寫一系列短篇，描述銀河帝國逐步崩解及緩慢重建的過程，一個月之後，作家交出第一個短篇。

這個故事名爲〈基地〉，這名作家叫艾西莫夫。

坎貝爾買下這個短篇，隔年在雜誌上發表，陸續交稿的三個短篇，分別在一九四二年及一九四四年刊登。艾西莫夫繼續創作系列故事，除了原先的四個短篇，又添四個中篇，《驚奇雜誌》在一九五〇年將八個故事全數發表完畢，一九五一年，原初的四個短篇集結成冊出版，艾西莫夫增寫了另一個短篇，做爲全書的序章；後續四個中篇則兩兩集結，在一九五二、一九五三年出版。

三部作品，合稱爲「基地三部曲」。

艾西莫夫自承創作靈感來自吉朋的歷史鉅作《羅馬帝國衰亡史》，但「基地三部曲」讀來並無任何沉重遲滯。艾西莫夫的筆法平實流暢，尤其是收錄在首部曲《基地》中的五個短篇，幾乎可用「輕巧」形容。艾西莫夫選擇以短篇形式敘述宏觀歷史，將每個短篇發生的時點定在歷史即將發生劇變的關鍵，一方面簡化長時間裡的時局變遷，一方面聚焦短時間裡的勢力拉鋸，藉以創造情節轉折與劇情張力，技法相當巧妙。

故事能夠如此進行的重要因素，來自「心理史學」這個設定。

心理史學是艾西莫夫虛構的科學，揉合歷史學、社會學、社會心理學、統計學及數學等等學科，從設定裡還能發現艾西莫夫也參考了氣體動力學的部分理論。《基地》的故事由心理史學家謝頓的預言開場，按照心理史學的計算，他指出銀河帝國將在三百年內崩潰，人類會因此進入長達三萬年的黑暗時期；謝頓說服高層，在銀河邊陲行星建立「基地」，供各種專業人士居住並編寫百科全書，保存人類知識。此舉無法避免帝國毀滅，但能將黑暗時期縮短為一千年。

「基地三部曲」以謝頓的預測為主軸發展。

銀河歷史初看一如謝頓所言，轉變的關鍵都以謝頓的預言為基礎變化；時序拉長之後，謝頓的預言似乎也失去精準，但在必要時刻又會發現謝頓明白心理史學的侷限，準備了不只一套應變措施。

「基地三部曲」出版三十年後，艾西莫夫寫了續集。

續集由兩部長篇構成，合稱為「基地後傳」。在這兩部長篇裡，艾西莫夫將他其他兩個系列作品——「機器人系列」及「銀河帝國三部曲」——的故事線也整合進來，形成他的完整架空宇宙。因此在「基地後傳」中有時會出現其他系列的角色，不過艾西莫夫會適時增補說明，單獨閱讀並無障礙。

又過幾年，艾西莫夫寫了前傳。

前傳由一部長篇、四個短篇構成，分成兩冊出版，合稱為「基地前傳」。「基地三部曲」中影響最深遠、但戲份非常少的謝頓，在前傳中成為主角，故事描述他的生平、發展心理史學的過程、預測銀河帝國未來及構思基地的經過，最後收尾在他完成佈局、接到《基地》故事開始的時分。

不計其他系列，以「基地」為主的七部作品都相當精采。

艾西莫夫寫作不賣弄花巧，讀來愉快，故事裡的科技想像現今看來自然不很實際——事實上，八〇年代之後與網際網路相關的科技發展，已經大幅顛覆了七〇年代之前大多數科幻作品的描述——但艾西莫夫對於人類社會轉變的觀察，對歷史的看法，對商業、宗教、軍事及政治制度等等交互影響的解讀，以及對人性的刻劃，仍然準確有力。閱讀「基地系列」，不只讀到有趣的科幻情節，也是思考歷史、社會，以及人類的重要啓發。

【導讀】

不朽的科幻史詩：基地三部曲

葉李華

銀河帝國已有一萬二千年悠久歷史，如今一位數學家卻作出驚人預言：帝國即將土崩瓦解，整個銀河注定化作一片廢墟，黑暗時期將會持續整整三萬年！

＊　＊　＊

著作適身的艾西莫夫無所不寫，但不論他自己或全世界的忠實讀者，衷心摯愛的仍是他的科幻小說。在他的眾多科幻著作中，「機器人」與「基地」是最有名的兩大系列。其中「機器人」系列是從短篇故事起家，逐漸演化成一部機器人未來史，包括四個長篇與三十幾個短篇；「基地」系列則是先有一個龐大的架構，然後開始逐步經營——但想必連艾西莫夫也未曾想到，這部科幻史詩能夠經營半個世紀（1941-1992）。

艾西莫夫一生總共寫了七大冊的基地故事，其中流傳最廣、影響最深遠的，當然是核心部分的「基地三部曲」：《基地》、《基地與帝國》以及《第二基地》。不過艾西莫夫生前常常偷笑，說當初雖有明確的故事架構，卻並未刻意寫成什麼三部曲，而是以連載方式一篇篇發表在科幻雜誌上。直到一九五〇年代正式出書，三部曲的架構才首度出現。

爲了研究艾西莫夫創作基地系列的來龍去脈，讓我們試著回歸當初的架構，把三部曲重新拆解成原來的中短篇。

《基地》第一篇：心理史學家（出書時補寫）
《基地》第二篇：百科全書編者（短篇，連載第一篇）
《基地》第三篇：市長（短篇，連載第二篇）
《基地》第四篇：行商（短篇，連載第三篇）
《基地》第五篇：商業王侯（短篇，連載第四篇）
《基地與帝國》第一篇：將軍（中篇，連載第五篇）
《基地與帝國》第二篇：騾（中篇，連載第六篇）
《第二基地》第一篇：騾的尋找（中篇，連載第七篇）
《第二基地》第二篇：基地的尋找（中篇，連載第八篇）

＊　＊　＊

許多人都知道基地系列的靈感來自《羅馬帝國衰亡史》（The Decline and Fall of the Roman Empire），不過其中一段頗爲傳奇的因緣卻鮮爲人知。引用艾西莫夫自傳中的文字，故事是這樣的：

> 一九四一年八月一日，下課後，我搭地鐵去坎柏（John Campbell, 1910-1971）的辦公室找他。一路上我絞盡腦汁，想要擠出一個新點子。屢試不成之後，我決定使出自己常用的招數：隨意打開

一本書，第一眼看到什麼，就用什麼做自由聯想。

當天我帶著一本吉伯特與蘇利文（Gilbert and Sullivan）的歌舞劇選集，隨手便翻到《艾俄蘭斯》（Iolanthe）中仙后跪在哨兵威利斯面前的一張劇照。我從哨兵聯想到戰士，再聯想到軍事帝國，再聯想到羅馬帝國——然後再聯想到銀河帝國。哈，有了！

……我何不寫個銀河帝國盛極而衰、回歸封建的故事，而且是從第二銀河帝國承平期的觀點出發？我想我知道該怎麼寫，因為我仔細讀過吉朋（Edward Gibbon, 1737-1794）的《羅馬帝國衰亡史》，至少從頭到尾讀過兩遍，只要把它改頭換面就行了。

我帶著具有感染力的熱情、志得意滿地走進坎柏的辦公室。或許熱情眞能傳染，因爲坎柏顯露出前所未有的激動。

「對短篇故事來說，這個主題太大了。」他說。

「我是想寫個中篇。」我一面說，一面調整自己的構想。

「中篇一樣不夠。必須是一系列的故事，每集都是開放式結局。」

「什麼？」我心虛地問。

「短篇、中篇、系列故事，通通放在一個特定的未來史框架中，包括第一銀河帝國的衰亡、隨之而來的封建時期，以及第二帝國的興起。」

「什麼？」我更心虛地問。

「沒錯，我要你寫出這個未來史的大綱。回家去，把大綱寫出來。」

——《記憶猶新》（In Memory Yet Green）原文版311頁

＊　＊　＊

「心理史學」是這個三部曲的中心科幻因素，而貫穿其間最重要的一個人物，自然就是心理史學宗師、基地之父哈里．謝頓。最有趣的是，「基地系列」的故事是從謝頓死後五十年講起（〈百科全書編者〉），也就是說眞正的主角竟然是個死人——這正是科幻小說的趣味所在，不受任何形式的束縛。不過在出書的時候，爲了交代前因後果，艾西莫夫又補寫了一篇〈心理史學家〉，讓八十高齡的謝頓現身說法。而在生命中最後五年，艾西莫夫再度眷顧這個傳奇角色，用兩本「前傳」詳盡刻劃謝頓的一生，以及心理史學與基地的創建過程。

耐人尋味的是，艾西莫夫晚年似乎愈來愈認同這個筆下人物，而他也的確與謝頓一樣，對人類文明有著高瞻遠矚、悲天憫人的關懷。「生年不滿百，常懷千歲憂」正是大師胸懷的最佳寫照。

博學多聞、博覽群書的艾西莫夫從不閉門造車，筆下的科學幻想多少都有所本。例如「心理史學」便是「氣體運動論」（物理學）、「群衆心理學」（心理學）、「歷史決定論」與「群體動力論」（歷史學）的綜合體；而刺激基地不斷成長茁壯的「謝頓危機」，則取材自歷史哲學家湯恩比（Arnold Toynbee, 1889-1975）首創的「挑戰與回應」理論。

由於影響人類行爲的因素過於複雜，人類又具有自由意志，因此個人行爲絕對不可能預測。然而當衆多個體集合成群時，卻又會顯現出某些規律，正如同在巨觀尺度下，氣體必定遵循統計方法所導出的定律。艾西莫夫將這些事實推而廣之，藉著筆下不世出的天才謝頓，讓心理史學發展到出神入化之境，成爲一門探索未來世界巨觀動向的深奧科學。

透過心理史學的靈視，謝頓預見了人類悲慘的未來：國勢如日中天的銀河帝國正一步步走向滅亡，整個銀河將要經歷三萬年蠻荒、悲慘的無政府狀態，另一個大一統的「第二帝國」才會出現。

倘若上述發展絲毫無法改變，既然一切皆已注定，也就沒什麼戲劇性可言。故事之所以引人入勝，在於謝頓進一步發現：雖然阻止帝國崩潰爲時已晚，若想縮短這段漫長的過渡期，在當時卻尙有可爲。於是謝頓開始了力挽狂瀾、扭轉乾坤的努力，試圖將三萬年的動盪歲月縮減爲一千年。爲了達到這個目的，他窮後半生的精力，設立了兩個科學據點：第一基地（簡稱「基地」，由自然科學家組成）與第二基地（隱身在銀河舞台幕後，由心靈科學家與心理史學家組成）。

兩個基地的位置經過特別計算，分別設在「銀河中兩個遙相對峙的端點」（光是這句語帶玄機的話，便衍生出《第二基地》這本書）。此後一千年間，許多預設的歷史事件將一環扣一環發生，以促使一個更強大、更穩固、更良善的第二帝國早日實現。

基地三部曲的主線，便是第一基地如何克服一個接一個的週期性危機，激發出無窮無盡的潛力；第二基地又如何暗中相助，以逐步實現爲期千年的謝頓計畫。謝頓本人則雖死猶生，仍然藉由類似錦囊妙計的全像錄影，不時指導著未來數十世代的子民。

不過「奇正相生」正是大師的拿手好戲，在既定的情節中，他總是有辦法再寫出變奏，令讀者忍不住感嘆人算不如天算。三部曲的變奏之一，是無端出現一個具有強大精神力量的異種人「騾」，以迅雷不及掩耳的速度席捲整個銀河；變奏之二，則是在「騾亂」成為歷史之後，兩個基地竟然發生鬩牆之戰！

三部曲結束於第二變奏告一段落之處，留下一個開放式結局。三十年後，在全世界科幻迷千呼萬喚之下，艾西莫夫重拾基地系列，所寫的續集便是第三變奏。這一「變」更是令人拍案叫絕，甚至連謝頓計畫都為之顛覆！也唯有經由這最後變奏，「基地」與「機器人」才得以遙相呼應，兩大系列方能融鑄成一體，化為一部俯仰兩萬載、縱橫十萬光年的銀河未來史。

【目錄】

第二篇　騾

「基地系列」時空背景與故事年表

葉李華整理

科幻設定

1. 故事距今約二萬年，人類後裔早已移民銀河系各角落。然而除了人類，從未發現任何其他智慧生物。（在《永恆的終結 The End of Eternity》這本書中，艾西莫夫對此有詳細解釋。）
2. 銀河系已有二千五百萬顆住人行星，總人口數介於千兆與萬兆之間。
3. 整個銀河系皆在「銀河帝國」統治下，已長達一萬二千年之久。
4. 帝國的首都行星「川陀」位於銀河中心附近，是最接近「銀河中心黑洞」的住人行星。

科學事實

1. 銀河系的形狀：外形類似凸透鏡，但由內而外伸出數條螺旋狀的「旋臂」。
2. 銀河系的大小：直徑約十萬光年，或約三萬秒差距（一秒差距＝三．二六光年）。
3. 銀河系的規模：至少有二千億顆恆星，行星數目不詳。
4. 銀河中心的巨型黑洞：質量超過二百五十萬個太陽。

「基地系列」故事年表（銀紀：銀河紀元，基紀：基地紀元）

葉李華整理

銀紀一二〇二〇年	前傳《基地前奏》
銀紀一二〇二八年	前傳《基地締造者》第一篇：伊圖・丹莫刺爾
銀紀一二〇三八年	前傳《基地締造者》第二篇：克里昂一世
銀紀一二〇四八年	前傳《基地締造者》第三篇：鐸絲・凡納比里
銀紀一二〇五八年	前傳《基地締造者》第四篇：婉達・謝頓
銀紀一二〇六七年	三部曲《基地》第一篇：心理史學家
銀紀一二〇六九年	前傳《基地締造者》第五篇：尾聲
（基紀元年）	
基紀四九—五〇年	三部曲《基地》第二篇：百科全書編者
基紀七九—八〇年	三部曲《基地》第三篇：市長
基紀一三四年	三部曲《基地》第四篇：行商
基紀一五四—一六〇年	三部曲《基地》第五篇：商業王侯
基紀一九五—一九六年	三部曲《基地與帝國》第一篇：將軍
基紀三一〇—三一一年	三部曲《基地與帝國》第二篇：騾
基紀三一六年	三部曲《第二基地》第一篇：騾的尋找
基紀三七六—三七七年	三部曲《第二基地》第二篇：基地的尋找
基紀四九八年	後傳《基地邊緣》
基紀四九八年	後傳《基地與地球》

主要參考資料：http://www.asimovonline.com/oldsite/insane_list.html

楔子

銀河帝國正走向覆亡。

這是一個龐大的帝國，從銀河每條巨大旋臂此端至彼端，其間數百萬個世界，皆爲帝國的勢力範圍。因而，帝國的覆亡也是一個巨大的、漫長的過程。

衰落進行了數世紀之後，才終於有人察覺到這個事實。此人就是哈里·謝頓，在整體性衰微中，他代表著唯一的一點創造性火花。在謝頓手中，心理史學這門科學發展到了登峰造極的境界。

心理史學的研究對象並非個人，而是人類群體。換句話說，它是研究群眾——至少數十億之眾的科學。它能預測群眾對於某些刺激的反應，精確度不遜於初等科學對撞球反彈軌跡的預測。雖然直到目前爲止，沒有任何數學能夠預測個人行爲，數十億人口的集體反應卻另當別論。

哈里·謝頓描繪出當時的社會與經濟趨勢，從這些曲線中，他看出文明正在不斷地、加速地衰退，而必須經過三萬年的過渡期，另一個嶄新的帝國才會從廢墟中誕生。

阻止帝國的覆亡爲時已晚，卻還來得及設法縮短蠻荒的過渡期。於是，謝頓建立了兩個基地，分別安置於「銀河中兩個遙相對峙的端點」。它們的位置經過特別設計，在短短一個仟年之間，許多事件會一環扣一環地發生，以促使一個更強大、更鞏固、更良善的第二帝國早日實現。

《基地》這本書所敘述的故事，就是其中一個基地最初兩個世紀的歷史。

這個基地設在端點星，該行星位於銀河系某個旋臂的盡頭。起初，它是一群科學家的殖民地。

他們遠離了帝國的動盪社會，以編纂一套匯集天地間所有知識的巨著《銀河百科全書》，卻不知道自己扮演著更具深意的角色，而這一切，都是已故的謝頓一手計畫的。

隨著帝國逐漸瓦解，銀河外圍區域紛紛獨立稱王，基地開始遭受這些王國的威脅。然而，在首任市長塞佛·哈定領導下，基地設法讓這些小小「君主」彼此牽制，而能勉強維持一個獨立的局面。由於其他世界科學中落，退化到石油與煤炭的時代，唯獨基地擁有核能，因此享有難得的優勢。最後，基地竟然成為鄰近諸王國的「宗教」中心。

隨著百科全書的任務退居幕後，基地慢慢開始發展貿易體系。基地所研發的核能裝置，小巧程度遠超過帝國全盛時期的工藝水準。負責推銷這些商品的基地行商，足跡遍至銀河外緣數百光年。侯伯·馬洛是基地第一位商業王侯，在他的領導下，基地發展出經濟戰的技術，並藉此擊敗科瑞爾共和國。該國雖有帝國外緣某個星省的援助，最後仍然無條件投降。

兩百年後，基地儼然成為銀河系中最強大的政權，只有苟延殘喘的帝國能抗衡之。此時，帝國集中於銀河內圍三分之一處，卻仍然控制著全銀河四分之三的人口與財富。

基地面臨的下一個威脅，似乎必然是垂死帝國的最後反撲。

基地與帝國之戰，無論如何終將登場。

第一篇：將軍

貝爾．里歐思：……在其相當短暫的軍旅生涯中，里歐思贏得了「帝國最後大將」的頭銜，而且可謂實至名歸。分析他所指揮的幾場戰役，顯示他的戰略修養足以媲美大將勃利佛，而領導統御或許尤有過之。但是由於生不逢時，使他無法像勃利佛一樣成爲戰功彪炳的征服者。然而，當他與基地正面對峙之時（他是第一位有如此經歷的帝國將軍），並非完全沒有機會……

——《銀河百科全書》*

*本書所引用的《銀河百科全書》資料，皆取自基地紀元一〇二〇年的第一一六版。發行者爲「端點星銀河百科全書出版公司」，作者承蒙發行者授權引用。

1 尋找魔術師

貝爾·里歐思沒有帶任何護衛就出門了，這樣做其實違反了宮廷規範。因為他是駐紮在「銀河帝國邊境」某星系的艦隊司令，而這裡仍是民風強悍的地區。

里歐思既年輕又充滿活力，並具有強烈的好奇心。正因為他太有活力，宮廷中那些深沉而又精明的大臣，自然盡可能將他派駐得愈遠愈好。而在此地，他聽到許多新奇而且幾乎不可置信的傳說——至少有幾百人說得天花亂墜，還有數千人像他一樣耳熟能詳。這些傳說令他的好奇心一發不可收拾，軍事行動的可能性更使得年輕又充滿活力的他按奈不住。兩個因素加在一起，便成為一股排山倒海的力量。

他剛走出那輛他徵用來的老舊地面車，來到一棟古舊的大宅前，這裡就是他的目的地。他等了一下，門上的光眼便亮起來。可是這道門並未自動開啓，而是由一隻手拉開的。

里歐思對著門後的老人微微一笑。「我是里歐思……」

「我認識你，」老人僵立在原處，絲毫不顯得驚訝。「有何貴幹？」

為了讓對方放心，里歐思後退一步。「全然善意。如果你就是杜森·巴爾，請允許我跟你談談。」

杜森·巴爾向一旁側身，室內牆壁散發出明亮的光芒。將軍走進屋裡，感到宛如置身白晝。他隨手摸了摸書房的牆壁，然後瞪著自己的手指。「西維納竟然也有這種裝置？」

巴爾淡淡一笑。「我相信並非到處都有。這個，是我自己盡可能修理維護的。很抱歉，剛才讓你在門口久等。那個裝置現在只能顯示有人到訪，卻無法自動開門了。」

「你也修不好了？」將軍的聲音中帶著一點嘲諷。

「找不到零件了。大人，你請坐，要喝茶嗎？」

「在西維納，還需要這樣問嗎？我的好主人，此地的風俗，不喝杯茶對主人是大不敬。」

老人緩緩對里歐思鞠了一個躬，輕聲退出房間。這是一種貴族禮儀，是從上個世紀較好的年頭流傳下來的。

里歐思望著主人離去的身影，縝密的心思泛起些許不安。他接受的是純粹的軍事教育，他的經驗也都來自軍旅生涯。套一句老掉牙的說法，他曾數度出生入死。但那些死亡的威脅總是非常熟悉，而且非常具體。因此之故，這位第二十艦隊的英雄偶像，竟會在這個古老房間的詭異氣氛中，心頭感到一股寒意，也就不值得奇怪了。

在書房一角的架子上，排列著一些黑色小盒子，將軍認得出那些都是「書」，但是書名他全不熟悉。他猜想房間另一端的大型機械就是閱讀機，能將那些書中的訊息還原成文字與語音。他並未見過這種裝置實際操作，但是曾經聽說過。

有一次他聽人提起，在很久以前的黃金時代，當時帝國的疆域等於整個銀河系，那時十分之九的家庭擁有這種閱讀機，以及一排排這樣的書籍。

可是，現在帝國有了需要駐守的「邊界」，而讀書則成了老年人的消遣。算了，有關古老世代的傳說，反正有一半是虛構的。不，超過一半。

茶來了，里歐思重新回到座位。杜森・巴爾舉起茶杯。「敬你的榮譽。」

「謝謝，我也敬你。」

杜森・巴爾饒有深意地說：「聽說你很年輕，三十五歲？」

「差不多，我今年三十四。」

「既然這樣，」巴爾以稍帶強調的語氣道：「我想最好先跟你說明白，很遺憾，我並沒有愛情符咒、癡心靈丹或發情春藥之類的東西。我也無法影響任何年輕女子，讓她對你死心塌地。」

「老先生，這方面我不需要什麼外力幫助。」在里歐思的聲音中，不但透著明顯的自滿，還混雜著幾分戲謔。「有很多人向你索求這些東西嗎？」

「夠多了。眞不幸，無知的人們常常將學術和魔術混淆不清，而愛情又好像特別需要魔術幫忙。」

「這點似乎再自然不過。但我卻不同，我認爲學術唯一的用處，是用來解答疑難的問題。」

西維納老者神情陰鬱地想了想。「你也許跟那些人錯得一樣嚴重！」

「這點很快就能獲得證實，」年輕將軍將茶杯插入華麗的杯套，茶杯隨即注滿。他接過香料袋，投進杯裡，濺起一點水花。「老貴族，那麼你告訴我，誰才是魔術師？我是指眞正的魔術師。」

面對這個久未使用的頭銜，巴爾似乎有些訝異。他說：「根本沒有魔術師。」

「但是百姓常常提到。西維納充滿關於他們的傳說，並且發展出崇拜魔術師的教派。而在你的同胞裡，有些人癡心夢想著古老的世代，以及所謂的自由和自治權，這些人和那些教派有著奇妙的牽連。如此發展下去，終將危及國家的安全。」

老人搖了搖頭。「爲什麼問我？你聞到叛變的氣息，而我就是首領嗎？」

里歐思聳聳肩。「沒有，絕對沒有。喔，這種想法不全然是無稽之談。令尊當年曾被放逐，而你當年是個偏激的愛國者。身爲客人，我這樣說很失禮，但這是我的職責所在。如今此地還有人密謀叛變嗎？我很懷疑。經過三代的改造，西維納人心中已經沒有這種念頭了。」

老人吃力地回答說：「身爲主人，我也要說幾句失禮的話。我要提醒你，當年有一位總督，他的想法和你一樣，認爲西維納人已經沒有骨氣。在那位總督的命令下，先父成了流亡的乞丐，我的兄長們壯烈犧牲，而我的妹妹自殺身亡。但那位總督的下場也很淒慘，他正是死在所謂卑屈的西維納人手中。」

「啊，對了，你剛好提到我想說的事。三年前，我就查明了總督慘死的眞相。在他的隨身侍衛當中，有一名年輕軍官行動很可疑。而你就是那名軍官，我想細節不必說了吧。」

巴爾氣定神閒。「不必了，你有什麼建議嗎？」

「建議你回答我的問題。」

「但絕不是在威脅之下。雖然並非高壽，我也活得夠本了。」

「親愛的老先生，這是個艱難的時代。」里歐思若有所指地說：「而你還有子女，還有朋友。你熱愛這塊土地，過去也曾信誓旦旦要保鄉衛土。別這樣，倘若我決定動武，對象也絕不是你這個糟老頭。」

巴爾冷冷地說：「你到底想要什麼？」

里歐思端著空杯子說道：「老貴族，你聽我說。如今這個時代，所謂最成功的軍人都在做些什麼？每逢節慶典禮，他們在皇宮廣場前指揮閱兵大典；當大帝陛下出遊到避暑行星時，他們負責爲金碧輝煌的皇家遊艇護駕。我……我是個失敗者。我已三十四歲卻一事無成，將來還會繼續落魄下去。因爲，你可知道，我太好戰了。

「這就是我被派駐此地的原因。我待在宮廷中處處惹麻煩，我不能適應繁複的禮儀規範。我得罪了所有的文臣武將，但我又是深受部下愛戴的一流指揮官，所以也不能把我放逐到太空去。於是西維納成了我的最佳歸宿。這裡位於邊疆，是個百姓桀驁難馴、土地荒蕪貧瘠的星省。它又十分遙遠，遠到令大家都很滿意。

「我只好等著生鏽發霉。現在已經沒有叛亂需要敉平，邊境總督們最近也沒有造反的跡象。至少，自從大帝陛下的父皇在帕拉美的蒙特爾星省殺一儆百之後，就再也沒有了。」

「好一個威武的皇帝。」巴爾喃喃道。

「沒錯，我們需要更多這樣的皇帝。記住，他就是我的主子，我要為他鞠躬盡瘁。」

巴爾不為所動地聳聳肩。「你這番話，跟原來的話題有何相干？」

「我馬上就向你解釋。我提到的那些魔術師，他們來自很遠的地方——在我們的邊境戍衛之外，那兒星辰稀疏……」

「星辰稀疏，」巴爾吟哦道：「蒼穹寒意濃……」

「那是一首詩嗎？」里歐思皺起眉頭，這種關頭吟詩實在不得體。「反正，他們來自銀河外緣——唯有在那個角落，我有充分自由為大帝的光榮而戰。」

「這樣一來，你既可為大帝陛下盡忠，又能滿足自己的戰爭癖。」

「正是如此。但我必須知道敵人的眞面目，而你能幫我這個忙。」

「你怎麼知道我能幫你？」

里歐思咬了一口小點心。「因為過去三年來，我追查了有關魔術師的每一項謠言、每一個傳說，以及每一點蛛絲馬跡。在我蒐集到的各種資料中，只有兩件事實大家一致同意，所以一定是眞的。第一，那些魔術師來自西維納對面的銀河邊緣；第二，令尊曾經遇到一位魔術師——活生生的眞人，並且和他交談過。」

西維納老者目不轉睛地瞪著對方，里歐思繼續說：「你最好把知道的事都告訴我……」

巴爾語重心長地說：「我很樂意告訴你一些事，就當作是我自己的心理史學實驗。」

「什麼實驗？」

「心理史學實驗。」老人的笑容中摻雜著幾絲不悅，然後他又爽快地說：「你最好再倒點茶，我會有一段長篇大論。」

他把上半身沉入椅背的柔軟襯墊中。此時壁光的色彩轉為粉紅色，讓將軍剛直的輪廓也柔和了一些。

杜森．巴爾開始敘述：「我會知道這些事，主要源自兩個巧合。其一，他恰好是我的父親；其二，西維納恰好是我的故鄉。事情要從四十年前說起，那是『大屠殺』之後不久，當時先父逃亡到南方森林，而我在總督的私人艦隊中擔任砲手。喔，對了，那位總督就是『大屠殺』的主謀，也就是後來慘死的那位。」

巴爾冷笑一下，又繼續說：「先父是帝國的貴族，也是西維納星省的議員。他名叫歐南．巴爾。」

里歐思不耐煩地插嘴道：「我對他的流亡生活知道得非常清楚，你不必再費心重複。」

西維納老者完全不理會，仍然自顧自地說：「先父流亡之際，曾經有一個浪人找上門來。他其實是來自銀河邊緣的年輕商人，說話帶有奇怪的口音，對帝國最近的歷史一無所知，並且佩帶著個人力場防護罩。」

「個人力場防護罩？」里歐思怒目而視，「你吹牛不打草稿。需要多大功率的產生器，才能將防護罩濃縮成一個人的大小？銀河啊，他是不是把五千萬噸的核能發電機，放在手推車上到處推著走？」

巴爾鎮定地答道：「你從口耳相傳的謠言、故事、傳說中聽到的魔術師就是他。『魔術師』這個頭銜可不是輕易得來的。他身上的產生器小到根本看不見，可是即使再強力的隨身武器，也不能令他的防護罩損傷分毫。」

「這就是你要講的故事嗎？這會不會是一個顛沛流離的老人，由於精神耗弱而產生的幻想？」

「大人，早在先父轉述之前，有關魔術師的故事已經不脛而走。而且，還有更具體的證明。那名商人，也就是所謂的魔術師，他和先父分手之後，根據先父的指引，到城裡去拜訪過一名技官。他在那裡留下一個防護罩產生器，跟他自己佩戴的屬於同一型。等到那個殘虐的總督惡貫滿盈之後，先父結束了流亡生涯，他花了很久的時間，終於找到那個防護罩產生器。

「大人，那個產生器就掛在你身後的牆上。它已經失靈，其實它只有最初兩天有效。不過你只要看一看，就會瞭解帝國的工程師從未設計出這種裝置。」

貝爾．里歐思伸出手，扯下黏附在拱壁上的一條金屬腰帶。隨著附著場的撕裂，帶起一下輕微的嘶嘶聲。腰帶頂端的那個橢圓體吸引了他的注意，它只有胡桃般大小。

「這是……」他問道。

「這就是防護罩產生器。」巴爾點點頭，「不過已經失靈了。我們根本沒辦法研究它的工作原理。電子束探測的結果，發現內部整個熔成一團金屬，不論怎樣仔細研究那些繞射圖樣，也看不出它原來是由哪些零件構成的。」

「那麼，你的『證明』仍然只是虛無飄渺的言詞，沒有具體的證據支持。」

巴爾聳聳肩。「是你威迫我告訴你這一切的。如果你選擇懷疑，我又有什麼辦法？你要我住口嗎？」

「繼續說！」將軍以嚴厲的口吻道。

「先父過世後，我繼續他的研究工作。此時，我提到的第二個巧合發生了作用，因爲哈里．謝頓對西維納極爲熟悉。」

「哈里．謝頓又是誰？」

「哈里．謝頓是克里昂一世時代的一位科學家。專攻心理史學的他，是最後一位，也是有史以來最偉大的心理史學家。他曾經造訪過西維納，當時西維納是個龐大的商業中心，科學和藝術都蓬勃發展。」

「哼，」里歐思不以爲然地喃喃道：「哪顆沒落的行星，不曾誇耀過去那段富甲天下的光榮歷史？」

「我所說的過去是兩個世紀前，當時的皇帝還統治著銀河中每一顆行星，西維納還是處於內圍的世界，而不是半蠻荒的邊陲星省。就在那個時候，哈里．謝頓預見帝國即將衰敗，整個銀河終將成爲一片蠻荒。」

里歐思突然哈哈大笑。「他預見了這種事？我的大科學家，他簡直大錯特錯——我相信你自命是科學家。聽好，當今帝國的國勢，乃是仟年以來最強盛的。你一直待在遙遠荒涼的邊區，才會有眼無珠。哪天你到內圍世界參觀一次，看看銀河核心的富庶和繁華。」

老人卻陰沉沉地搖了搖頭。「淤滯現象首先發生在最外圍。經過一段時間之後，衰微才會達到心臟地帶。我所說的，是表面上顯而易見的衰微，而不是內在的傾頹，後者已經悄悄進行十五個世紀。」

「所以，那個哈里．謝頓預見了整個銀河變作一片蠻荒？」里歐思感到可笑，「然後呢？啊？」

「所以，他在銀河系兩個遙遙相對的盡頭，分別建立了一個基地。兩個基地的成員，都是最優秀、最年輕、最強壯的精英，他們在那裡生活、成長、發展。兩個基地的所在地都經過仔細的挑選，設立時機和周遭環境也不例外。這些精心的安排，都是爲了配合心理史學的數學對未來所做的準確預測，使得基地上的居民，一開始就脫離帝國文明的主體，之後漸漸獨立發展，終於成爲第二銀河帝國的種子。如此，就能將不可避免的蠻荒過渡期，從三萬年縮短成僅僅一千年。」

「你又是如何發現這一切的？你似乎知道不少細節。」

「我從來也沒有發現什麼。」老貴族沉著冷靜地說。「我將先父所發掘的一些證據，加上自己找到的蛛絲馬跡，費盡心血拼湊起來，就得到以上的結論。這個理論的地基很薄弱，而樓層的空隙則靠我自己的想像力填補。不過我深信，大體上是正確的。」

「你很容易被自己說服。」

「是嗎？我的研究足足花了四十年的時間。」

「哼，四十年！我只要四十天，就能解決這個問題。事實上，我相信一定做得到。而得到的答案——會和你的不同。」

「你又打算怎麼做呢？」

「用最直接的辦法，我決定親自去探索。我可以把你口中的基地找出來，用我自己的眼睛好好觀察一番。你剛才說共有兩個基地？」

「文獻上說有兩個。但是在所有的證據中，卻都指出只有一個。這是可以理解的，因爲另一個基地位於銀河長軸的另一極。」

「好吧，我們就去探訪那個近的。」將軍站起來，隨手整理了一下腰帶。

「你知道怎麼去嗎？」巴爾問。

「我自有辦法。上上一任總督──就是你用乾淨俐落的手法行刺的那位──留下一些記錄，上面有些關於外圍蠻子的可疑記載。事實上，他曾經把自己的一個女兒，下嫁給某個蠻族的君主。我一定找得到。」

他伸出手來。「感謝你的熱情款待。」

杜森・巴爾用手指輕握著將軍的手，行了一個正式的鞠躬禮。「將軍造訪，蓬蓽生輝。」

「至於你提供給我的資料，」貝爾・里歐思繼續說：「我回來之後，自然知道該如何報答你。」

杜森・巴爾恭敬地送客人到門口，然後對著逐漸駛遠的地面車，輕聲地說：「你要回得來才行。」

基地……經過四十年的擴張，基地終於面臨里歐思的威脅。哈定與馬洛的英雄時代已經一去不返，基地人民的勇敢與果決精神也隨之式微……

——《銀河百科全書》

2 魔術師

這個房間與外界完全隔絕，任何外人都無法接近。房間裡有四個人，他們迅速地互相對望，然後盯著面前的會議桌良久不語。桌上有四個酒瓶，還有四個斟滿的酒杯，卻沒有任何人碰過一下。

最接近門口的那個人，此時忽然伸出手臂，在桌面上敲出一陣陣緩慢的節奏。

他說：「你們準備永遠呆坐在這裡嗎？誰先開口又有什麼關係？」

「那麼你先發言吧，」坐在正對面的大塊頭說：「最該擔心的人就是你。」

森內特．弗瑞爾咯咯冷笑了幾聲。「因爲你覺得我最富有？或者，因爲我開了口，你就希望我繼續說下去。我想你應該還沒忘記，抓到那艘斥候艦的，是我旗下的太空商船隊。」

「你擁有最龐大的船隊，」第三個人說：「以及最優秀的駕駛員；換句話說，你是最富有的。這是可怕的冒險行爲，我們幾個都無法擔當這種風險。」

森內特．弗瑞爾又咯咯一笑。「我從家父那裡，遺傳到一些喜愛冒險的天性。總之，只要能有足夠回報，冒險就是有意義的。眼前就有一個實例，你們也看到了，我們將敵艦先孤立再逮捕，自己完全沒有損失，也沒讓它有機會發出警告。」

弗瑞爾是偉大的侯伯．馬洛旁系的遠親，這是基地衆所周知的事實。不過大家也都心知肚明，事實上他是馬洛的私生子。

第四個人悄悄眨了眨小眼睛，從薄薄的嘴唇中吐出一段話：「這並沒有多大的利潤，我是指抓到那艘小船這件事。我們這樣做，很可能會更加激怒那個年輕人。」

「你認爲他需要任何動機嗎？」弗瑞爾以諷刺的口吻問道。

「我的確這麼想。這就有可能——或者一定會替他省卻製造藉口的麻煩。」第四個人慢慢地說：「侯伯．馬洛的做法則剛好相反，塞佛．哈定也一樣。他們會讓對方採取沒有把握的武力途徑，自己卻神不知鬼不覺地掌握了勝算。」

弗瑞爾聳聳肩。「結果顯示，那艘斥候艦極具價值。動機其實賣不了那麼貴，這筆買賣我們是賺到了。」這位天生的行商顯得很滿意，他繼續說：「那個年輕人來自舊帝國。」

「這點我們知道。」那個大塊頭吼道，聲音中帶著不滿的情緒。

「我們只是懷疑。」弗瑞爾輕聲糾正，「假如一個人率領船隊、帶著財富而來，表明了要和我們建立友誼，並且提議進行貿易，我們最好別把他當敵人，除非我們確定了他的眞面目並非如此。可是現在……」

第三個人再度發言，聲音中透出一點發牢騷的味道。「我們應該更加小心謹愼，應該先弄清楚眞相，弄清楚之後才把他放走。這才算是眞正的深謀遠慮。」

「我們討論過這個提議，後來否決了。」弗瑞爾斷然地揮揮手，表示不願再討論這個問題。

「政府軟弱，」第三個人忽然抱怨：「市長則是白癡。」

第四個人輪流看了看其他三人，又將啣在口中的雪茄頭拿開，順手丟進右邊的廢物處理槽。一陣無聲的閃光之後，雪茄頭便消失無蹤。

他以譏諷的口吻說：「我相信，這位先生剛才只是脫口而出。大家千萬不要忘記，我們幾人就是政府。」

衆人喃喃表示同意。

第四個人用小眼睛盯著會議桌。「那麼，讓我們把政府的事暫且擺在一邊。這個年輕人……這個異邦人可能是個好主顧，這種事情有過先例。你們三個都曾試圖巴結他，希望跟他先簽一份草約。我們早已約定不做這種事，這是一項君子協定，你們卻明知故犯。」

「你還不是一樣。」大塊頭反駁道。

「我不否認。」第四個人冷靜地回答。

「那麼，我們就別再討論當初該做什麼，」弗瑞爾不耐煩地插嘴道：「繼續研究我們現在該做些什麼。總之，假使當初我們把他關起來，或者殺掉，後果又如何呢？直到目前爲止，我們還不確定他的眞正意圖；往壞處想，殺一個人絕對不能毀掉帝國。在邊境的另一側，或許有一批又一批的艦隊，正在等待他的噩耗。」

「一點都沒錯，」第四個人表示同意，「你從擄獲的船艦上發現了什麼？我年紀大了，這樣討論可吃不消。」

「幾句話就可以講明白。」弗瑞爾繃著臉說。「他是一名帝國將軍，即使那裡不稱將軍，也是相同等級的軍銜。我聽說，他年紀輕輕就表現出卓越的軍事天分，部下都將他視爲偶像。他的經歷十分傳奇。他們告訴我的故事，無疑有一半是虛構的，即使如此，仍然可以確定他是個傳奇人物。」

「你所說的『他們』，指的是什麼人？」大塊頭追問。

「就是那些被捕的艦員。聽好，我把他們的口供都記錄在微縮膠片上，存放在安全的地方。你們若有興趣，等會兒可以看看。假如覺得有必要，還可以親自和那些艦員談談。不過，我已經將重點都轉述了。」

「你是怎麼問出來的？又怎麼知道他們說的是實話？」

弗瑞爾皺皺眉。「老兄，我對他們可不客氣。拳打腳踢之外，還配合藥物逼供，並且毫不留情地使用心靈探測器。他們通通招了，你可以相信他們說的話。」

「在過去的時代，」第三個人突然岔開話題，「光用心理學的方法，就能讓人吐露實情。你知道嗎，毫無痛苦，卻非常可靠。對方絕對沒有撒謊的機會。」

「是啊，過去的確有許多好東西，」弗瑞爾冷冰冰地說：「現在時代不同了。」

「可是，」第四個人說：「這個將軍，這個傳奇人物，他來這裡到底有什麼目的？」他的聲音中帶著固執與堅持。

弗瑞爾以銳利的目光瞥了他一眼。「你以爲他會把國家機密透露給部下？他們都不知道。從他們口中沒法問出這些來，銀河可以作證，我的確試過。」

「所以我們只好……」

「顯然，我們只好自己導出一個結論。」弗瑞爾又開始用手指輕敲桌面，「這個年輕人是帝國的一名軍事將領，卻假扮成銀河外緣某個偏僻角落一個小國的王子。這就足以顯示，他絕不希望讓我們知道他的眞正動機。在我父親的時代，帝國就已經間接援助過一次對基地的攻擊，如今他這種身分的人又來到這裡，這很可能是個壞兆頭。上次的攻擊行動失敗了，我不相信帝國會對我們心存感激。」

「你難道沒有發現任何確定的事嗎？」第四個人以謹慎的語氣問道：「你沒有對我們保留什麼嗎？」

弗瑞爾穩重地答道：「我不會保留任何情報。從現在開始，我們不能再爲了生意勾心鬥角，大家一定要團結一致。」

「基於愛國心嗎？」第三個人微弱的聲音中帶著明顯的嘲弄。

「什麼鬼愛國心。」弗瑞爾輕聲說。「你以爲我會爲了將來的第二帝國，而願意捐出一丁點核能嗎？你以爲我會願意讓哪批行商船隊冒險爲它鋪路？但是——難道你認爲被帝國征服之後，對你我的生意會更有幫助嗎？假使帝國贏了，不知道有多少貪婪成性的烏鴉，會忙不迭地飛來要求分享戰利品。」

「而我們就是那些戰利品。」第四個人以乾澀的聲音補充道。

大塊頭突然挪了挪龐大的身軀，壓得椅子嘎嘎作響。「可是何必討論這些呢？帝國絕對不可能贏的，對不對？謝頓保證我們最後能夠建立第二帝國，這只不過是另一個危機而已。在此之前，基地已經度過三次危機。」

「只不過是另一個危機而已，沒錯！」弗瑞爾默想了一下，「但是最初兩個危機發生的時候，我們有塞佛．哈定領導我們；第三次的危機，則有侯伯．馬洛。如今我們能指望誰？」

他以憂鬱的目光望著其他人，繼續說道：「支撐心理史學的幾個謝頓定律，其中也許有一個很重要的變數，那就是基地居民本身的主動性。唯有自求多福，謝頓定律方能眷顧。」

「時勢造英雄，」第三個人說：「這句成語你也用得上。」

「你不能指望這一點，它並非百分之百可靠。」弗瑞爾喃喃抱怨。「現在我的看法是這樣的：倘若這就是第四次危機，那麼謝頓應該早已預見。而只要他預測到了，這個危機就能化解，一定能夠找到化解的辦法。

「帝國比我們強大，一向都是如此。然而，這是我們第一次面臨它的直接攻擊，所以也就特別危險。假使能安全過關，一定如同過去那些危機一樣，是借助於武力以外的辦法。我們必須找出敵始終維持著淡然沉默的巴爾，這時不置可否地皺起眉頭。「我沒有任何理由喜愛帝國的統治。」

「但這並不代表你是一名叛國者。」

「沒錯。然而並非叛國者，絕不代表我會答應積極幫助你。」

「這樣說通常沒錯。但在這個節骨眼上，你若是拒絕幫助我——」里歐思若有深意地說：「就會被視爲叛國，會受到應有的懲治。」

巴爾雙眉深鎖。「把你的語言暴力留給屬下吧。你到底需要什麼、想要什麼，對我直說就行了。」

里歐思坐下來，蹺起二郎腿。「巴爾，半年前，我們做過一次討論。」

「關於你所謂的魔術師？」

「對。你記得我說過要做什麼吧。」

巴爾點點頭，他的一雙手臂無力地垂在膝上。「你說要去探訪他們的巢穴，然後就離開了四個月。你找到他們了？」

「找到他們了？我當然找到了。」里歐思吼道。他的嘴唇這時顯得很僵硬，似乎努力想要避免咬牙切齒。「老貴族，他們不是魔術師，他們簡直就是惡魔。他們的離譜程度，就像銀河外的其他星系一般遙遠。你想想看！那個世界只有一塊手帕、一片指甲般大小，天然資源和能源極度貧乏，人口又微不足道，連『黑暗星帶』那些微塵般的星郡中最落後的世界都比不上。即使如此，那些人卻傲慢無比又野心勃勃，正在默默地、有條有理地夢想著統治整個銀河。

「唉，他們對自己充滿信心，甚至根本不慌不忙。他們行事穩重，絕不輕舉妄動；他們擺明了需要好幾個世紀。每當心血來潮，他們就吞併一些世界；平時則得意洋洋地在恆星間橫行無阻。

「他們一直很成功，從來沒有人能阻止他們。他們還組織了卑鄙的貿易團體，它的觸角延伸到他們自己的玩具太空船也不敢去的星系。他們的行商——他們的貿易商自稱行商——深入許多秒差距的星空。」

杜森·巴爾打斷對方一發不可收拾的怒意。「這些訊息有多少是確定的，又有多少只是你的氣話？」

將軍喘了一口氣，情緒逐漸平復。「我的怒火沒有讓我失去理智。我告訴你吧，我所探訪的那些世界，其實比較接近西維納，離基地仍然還很遠。而即使在那裡，帝國已經成了神話傳說，行商卻是實實在在的人物。就連我們自己，也被人誤認爲行商。」

「基地當局告訴你，他們志在一統銀河？」

「告訴我！」里歐思又發火了，「沒有任何人直接告訴我。政府官員什麼也沒說，他們滿口都是生意經。但是我和普通人交談過。我探聽到了那些平民的想法；他們心中有個『自明命運』，他們以平常心接受一個偉大的未來。這種事根本無法遮掩，他們甚至懶得遮掩這個無所不在的樂觀主義。」

西維納人明顯地表露出一種成就感。「你應該注意到，直到目前爲止，你所說的這些，跟我利用蒐集到的零星資料所做的推測都相當吻合。」

「這點無庸置疑，」里歐思以惱怒的諷刺口吻答道：「這證明你的分析能力很強。然而，這也是對帝國疆域受到的逐漸升高的威脅，所做的一種衷心的、自大的評論。」

巴爾不爲所動地聳聳肩，里歐思卻突然彎下腰，雙手抓住老人的肩頭，以詭異的溫和眼神瞪著們擁有我聞所未聞的祕密武器。所以你能不能幫個忙，回答我一個特定的問題？他們的武力究竟如何？」

「我沒有任何概念。」

「那麼你用自己的理論解釋一下，為什麼你會說帝國無法打敗這個小小的敵人？」

西維納人重新坐下，避開了里歐思的灼灼目光。他以嚴肅的口吻說：「因為我對心理史學的原理深具信心。這是一門奇特的科學，它的數學結構在一個人手中臻於成熟，卻也隨著他的逝去而成為絕響，他就是哈里．謝頓。從此以後，再也沒有人能夠處理那麼複雜的數學。可是就在那段短短時間中，它的學術地位已經確立，公認是有史以來研究人類行為最有力的工具。心理史學並不試圖預測個人的行為，而是發展出幾個明確的定律，利用這些定律，藉著數學的分析和外推，就能決定並預測人類群體的巨觀動向。」

「所以說……」

「謝頓和他手下的一批人，在建立基地的過程中，正是以心理史學作為最高指導原則。無論基地的位置、時程或初始條件，都是用數學推算出來的，它讓基地必然會發展成為第二銀河帝國。」

里歐思的聲音帶著憤怒的顫抖。「你的意思是說，他的這門學問，預測到了我將進攻基地，並且會由於某些原因，使我在某場戰役中被擊敗？你是想告訴我，我只是個呆板的機器人，根據早已決定好的行動，走向注定毀滅的結局？」

「不！」老貴族尖聲答道。「我已經說過了，這門科學和個人行動沒有任何關係。它所預見的是巨觀的歷史背景。」

「那麼，我們都被緊緊捏在『歷史必然性』這個女神掌心中？」

「是『心理史學』的必然性。」巴爾輕聲糾正。

「假如我運用自己的自由意志來權變呢？如果我決定明年才進攻，或者根本不進攻呢？這位女神究竟有多大的彈性？又有多大的法力？」

巴爾聳聳肩。「立刻進攻或者永不進攻；動用一艘星艦，或是整個帝國的武力；用軍事力量也好，用經濟手段也罷；光明正大地宣戰，或者發動陰謀奇襲。無論你的自由意志如何權變，你終歸都要失敗。」

「因爲有哈里．謝頓的幽靈之手在作祟？」

「是『人性行爲的數學』這個幽靈，這是任何人都無法抵擋、無法扭轉，也無法阻延的。」

兩人面對面僵持良久，將軍才終於向後退了一步。

他毅然決然地說：「我願意接受這個挑戰。這是幽靈之手對抗活生生的意志。」

忠誠，是因爲他是朝廷上上下下一致憎惡的對象。廷臣總共分成十二個派系，他們唯一的共識就是痛恨布洛綴克。

布洛綴克——忠誠的寵臣，也就必須加倍忠誠。因爲除非他擁有銀河中最快速的星艦，能在大帝駕崩當日遠走高飛，否則第二天一定會被送進放射線室。

克里昂二世伸出手來，碰了碰巨大躺椅扶手上的光滑圓鈕，寢宮一側的大門立刻消失。

布洛綴克沿著深紅色地毯走過來，跪下來親吻大帝軟弱無力的手。

「陛下無恙？」這位樞密大臣的低聲問候，聲音中摻雜著適度的焦慮。

「我還活著，」大帝怒氣沖沖地說：「卻過著非人的生活。只要看過一本醫書的混蛋，都敢拿我當活生生的實驗品。無論出現了什麼新式療法，只要尚未經過臨床實驗，不管是化學療法、物理療法還是核能療法，你等著看吧，明天一定會有來自遠方的庸醫，在我身上測試它的療效。而只要有新發現的醫書，即使明明是僞造的，都會被他們奉爲醫學聖典。

「我敢向先帝發誓，」他繼續粗暴地咆哮：「如今似乎沒有一個靈長類，能用他自己的眼睛診斷病情。每個人都要捧著一本古人的醫書，才敢爲病人把脈量血壓。我明明病了，他們卻說『病因不明』。這些笨蛋！假使在未來的世代，人體中又冒出什麼新的疾病，由於古代醫生從來沒有研究過，也就永遠治不好了。那些古人應該活在今日，或者我該生在古代。」

大帝的牢騷以一句低聲咒罵收尾，布洛綴克始終恭謹地等在一旁。克里昂二世以不悅的口氣問：「有多少人等在外面？」

他向大門的方向擺了擺頭。

布洛綴克耐心地回答：「大廳中的人和往常一樣多。」

「好，讓他們去等吧。就說我正在爲國事操心，讓禁衛軍隊長去宣佈。慢著，別提什麼國事了。直接宣佈我不接見任何人，讓禁衛軍隊長表現得很悲傷。那些懷有狼子野心的，就會一個個原形畢露。」大帝露出陰險的冷笑。

「啓稟陛下，有一項謠言正在流傳，」布洛綴克不急不徐地說：「說您的心臟不舒服。」

大帝臉上的冷笑未見絲毫減少。「倘若有人相信這個謠言，迫不及待採取行動，他們一定得不償失。可是你自己又來幹什麼呢？我們就來談談吧。」

看到大帝做了一個平身的手勢，布洛綴克這才站起來。「是關於西維納軍政府總督，貝爾·里歐思將軍。」

「里歐思？」克里昂二世雙眉緊鎖，「我不記得這個人。等一等，是不是在幾個月前，呈上一份狂想計畫的那位？是的，我想起來了，他渴望得到御准，讓他爲帝國和皇帝的光榮而征戰。」

「啓稟陛下，完全正確。」

大帝乾笑了幾聲。「布洛綴克，你曾想到我身邊還有這種將軍嗎？這個人有意思，他似乎頗有古風。那份奏章是怎麼批的？我相信你已經處理了。」

「啓稟陛下，臣已經處理了。他接到的命令，是要他繼續提供更詳細的資料；在尙未接到進一步聖命前，他旗下的艦隊不准輕舉妄動。」

「嗯，夠安全了。這個里歐思到底是怎樣的人？他有沒有在宮中當過差？」

布洛綴克點點頭，嘴唇還稍微撇了一下。「他最初在禁衛軍擔任見習官，那是十年前的事。在列摩星團事件中，他有不錯的表現。」

「列摩星團？你也知道，我的記性不太……喔，是不是一名年輕軍官，阻止了兩艘主力艦對撞

『大艦隊』的星艦上拆下來的，還有一艘的火砲系統也是接收自『大艦隊』。其他星艦則是過去五十年間建造的，雖然如此，都還管用。」

「十艘星艦應該足以執行任何正當任務了。哼，先帝當年麾下的星艦還沒有那麼多，就在推翻僞君的戰役中旗開得勝。他要去攻打的，究竟是什麼蠻子？」

樞密大臣揚了揚那對高傲的眉毛。「他稱之爲『基地』。」

「基地？那是什麼東西？」

「啓稟陛下，臣仔細翻查過檔案，卻沒有發現任何記錄。里歐思提到的那個地方，位於舊時的安納克里昂星省，在兩個世紀前，該區就陷入了罪惡、蠻荒、無政府的狀態。然而，在那個星省中，並沒有一顆叫作『基地』的行星。有一則很含糊的記錄，提到在該星省脫離帝國保護之前不久，曾經有一群科學家被派到那裡去。他們是要去編纂一套百科全書。」布洛綴克淡淡一笑，「臣相信，他們稱那顆行星爲『百科全書基地』。」

「嗯，」克里昂二世蹙眉沉思了一下，「這麼勉強的關聯，不值得提出來。」

「啓稟陛下，臣並沒有提出什麼。自從該區陷入無政府狀態之後，就再也沒有那一支科學遠征隊的消息。假如他們的後代仍然居住在那顆行星上，並且仍然沿用原來的名稱，他們無疑也退化到蠻荒時代。」

「而他還要求增援？」大帝將嚴厲的目光投到寵臣身上，「這眞是太奇怪了；他計畫以十艘星艦攻打野蠻人，卻未發一鎗一彈就要求增援。我現在終於想起這個里歐思了，他是個美男子，出身於忠誠的家族。布洛綴克，這件事另有蹊蹺，但我一時還看不透。這裡頭或許有更重要的問題，只是表面上看不出來。」

他撫弄著蓋在僵硬的雙腿上那床發亮的被單。「我得派一個人到那裡去，一個有眼睛、有頭腦又有忠心的人。布洛綴克——」

寵臣恭謹地垂下頭。「啓稟陛下，他要求的星艦呢？」

「還不到時候！」大帝一面小心翼翼地一點點挪動身子，一面發出低聲的呻吟。他舉起一根搖搖欲墜的手指，又說：「我們還需要瞭解更多內情。下星期的今天就召開諸侯大會，這也是提出新預算案的好時機。我一定要讓它通過，否則活不下去了。」

大帝將頭痛欲裂的腦袋沉進力場枕的舒緩刺激中。「布洛綴克，你退下吧。把御醫叫來，雖然他是最不中用的庸醫。」

在洛瑞斯六號那場戰役中。但一向不完美，總是被敵方洞悉並試圖阻撓。這次卻不同。」

「這次是教科書中的理想狀況？」巴爾顯得無精打采又漠不關心。

里歐思不耐煩了。「你還是認爲我的部隊會失敗？」

「他們注定失敗。」

「你應該瞭解，在古往今來的戰史中，從來沒有包圍網完成後，進攻一方最後卻戰敗的例子。除非在包圍網之外，另有強大的艦隊能擊潰這個包圍網。」

「你大可這麼想。」

「你仍舊堅持自己的信念？」

「是的。」

里歐思聳聳肩。「那就隨便你吧。」

巴爾讓將軍默默發了一會兒脾氣，然後輕聲問道：「你從大帝那邊，得到什麼回音嗎？」

里歐思從身後的壁槽中取出一根香煙，再叼著一根濾嘴，然後才開始呑雲吐霧。他說：「你是指我要求增援的那件事嗎？有回音了，不過也只是回音而已。」

「沒有派星艦嗎？」

「沒有，我也幾乎猜到了。坦白說，老貴族，我實在不應該被你的理論唬到，當初根本不該請求什麼增援。這樣做反而使我遭到誤解。」

「會嗎？」

「絕對會的。如今星艦極爲稀罕珍貴。過去兩個世紀的內戰，消耗了『大艦隊』一大半的星艦，剩下的那些情況也都很不理想。你也知道，現在所建造的星艦差得多了。我不相信如今在銀河中還能找到什麼人，有能力造得出一流的超核能發動機。」

「這個我知道。」西維納老貴族說，他的目光透出沉思與內省。「卻不知道你也明白這個道理。所以說，大帝陛下沒有多餘的星艦了。心理史學應該能預測到這一點，事實上，它也許眞的預測到了。我甚至可以說，哈里．謝頓的幽靈之手已經贏了第一回合。」

里歐思厲聲答道：「我現有的星艦就足夠了。你的謝頓什麼也沒有贏。當情勢緊急時，一定會有更多的星艦供我調度。目前，大帝還沒有瞭解全盤狀況。」

「是嗎？你還有什麼沒告訴他？」

「顯而易見──當然就是你的理論。」里歐思一副挖苦人的表情，「請恕我直言，你說的那些事，根本不可能是眞的。除非事情的發展能證實你的理論，除非讓我看到具體證明，否則我絕不相信會有致命的危險。」

「除此之外，」里歐思繼續輕描淡寫地說：「像這種沒有事實根據的臆測，簡直就有欺君的味道，絕不會討大帝陛下歡心。」

老貴族微微一笑。「你的意思是，假如你稟告大帝，說銀河邊緣有一群衣衫襤褸的蠻子，可能會推翻他的皇位，他一定不會相信也不會重視。所以說，你不指望從他那裡得到任何幫助。」

「除非你將特使也當成一種幫助。」

「爲什麼會有特使呢？」

「這是一種古老的慣例。凡是由帝國支持的軍事行動，都會有一位欽命代表參與其事。」

「眞的嗎？爲什麼？」

「這樣一來，每場戰役都能保持陛下御駕親征的象徵。此外，另一項作用就是確保將領們的忠

商人。」

「兩者沒有什麼分別。你識時務地投降了，並沒有讓我們浪費多少火砲，也沒有讓你自己被轟成一團電子。如果你保持這樣的態度，就能受到很好的待遇。」

「頭兒，我最渴望的就是很好的待遇。」

「好極了，而我最渴望的就是你的合作。」里歐思微微一笑，低聲向一旁的杜森．巴爾說：「但願我們兩人口中的『渴望』指的是同一件事。你聽過蠻子對這個詞有什麼特殊解釋嗎？」

迪伐斯和和氣氣地說：「對，我同意你的話。頭兒，但你說的是什麼樣的合作呢？老實跟你說，我連身在何處都不知道。」他四下看了看，「比方說，這是什麼地方？帶我來這裡幹什麼？」

「啊，我忘了還沒有介紹完畢呢，眞抱歉。」里歐思的心情很好，「這位老紳士是杜森．巴爾，他是帝國的貴族。我名叫貝爾．里歐思，是帝國的高級貴族，在大帝麾下效忠，官拜三級將軍。」

行商目瞪口呆，然後反問：「帝國？你說的是教科書中提到的那個古老帝國嗎？哈！有意思！我一直以爲它早就不存在了。」

「看看周圍的一切，它當然存在。」里歐思繃著臉說。

「我早就應該知道，」拉珊．迪伐斯將山羊鬍對著天花板，「我那艘小太空船，是被一艘外表壯麗無比的星艦逮到的。銀河外緣的那些王國，沒有一個造得出那種貨色。」他皺起眉頭，「頭兒，這到底是什麼遊戲？或者我應該稱呼你將軍？」

「這個遊戲叫作戰爭。」

「帝國對基地，是嗎？」

「沒錯。」

「爲什麼？」

「我想你應該知道。」

行商瞪大眼睛，堅決地搖了搖頭。

里歐思任由對方沉思半晌，然後輕聲說：「我確定你知道。」

拉珊・迪伐斯喃喃自語：「這裡好熱。」他站起來，脫下連帽短大衣。然後他又坐下，雙腿向前伸得老遠。

「你知道嗎，」他以輕鬆的口吻說：「我猜你以爲我會大吼一聲，然後一躍而起，向四面八方拳打腳踢一番。假使我算好時機，就能在你採取行動之前制住你。那個坐在旁邊一言不發的老傢伙，想必阻止不了我。」

「你卻不會這麼做。」里歐思充滿信心地說。

「我不會這麼做。」迪伐斯表示同意，口氣還很親切。「第一，我想即使殺了你，也阻止不了這場戰爭。你們那裡一定還有不少將軍。」

「你推算得非常準確。」

「此外，即使制服了你，我也可能兩秒鐘後就被打倒，然後立刻處死，卻也可能被慢慢折磨死。總之我會沒命，而當我在盤算的時候，從來不喜歡有這種可能。這太不划算了。」

「我說過，你是個識相的人。」

「頭兒，但有一件事我想弄明白。你說我知道你們爲何攻擊我們，希望你能告訴我這是什麼意思。我眞的不知道，猜謎遊戲總是令我頭疼。」

們。因為你根本摸不著頭緒，而我們能幫你賺進現金。我們可以和帝國進行更有利的交易。沒錯，我們會這麼做，我是在商言商。只要能有賺頭，我一定幹。」

他露出一副嘲弄似的挑戰神情，瞪著對面兩個人。

沉默維持了好幾分鐘之久，突然又有一個圓筒狀信囊從傳送槽中跳出來。將軍立刻扳開信囊，瀏覽了一遍其中的字跡，並隨手將視訊通話器的開關打開。

「立刻擬定計畫，指示每艘船艦各就各位。全副武裝備戰，等待我的命令。」

他伸手將披風取過來。一面繫著披風的帶子，他一面以單調的語氣對巴爾耳語：「我把這個人交給你，希望你有些收穫。現在是戰時，我對失敗者絕不留情。記住這一點！」他向兩人行了一個軍禮，便逕自離去。

拉珊·迪伐斯望著他的背影。「嗯，有什麼東西戳到他的痛處了。到底是怎麼回事？」

「顯然是一場戰役。」巴爾粗聲說：「基地的軍隊終於出現了，這是他們的第一仗。你最好跟我來。」

房間中還有幾名全副武裝的士兵。他們的舉止謙恭有禮，表情卻木然生硬。迪伐斯跟著西維納的老貴族走出這間辦公室。

他們被帶到一間比較小、陳設比較簡陋的房間。室內只有兩張床，一具電視幕，以及淋浴和衛生設備。而將兩人帶進來之後，士兵們便齊步離開，隨即傳來一聲關門的巨響。

「嗯？」迪伐斯不以為然地四處打量，「看來我們要住在這裡了。」

「沒錯。」巴爾簡短地回答，然後這位老貴族便轉過身去。

行商卻暴躁地問：「老學究，你在玩什麼把戲？」

「我沒有玩什麼把戲。你現在由我監管，如此而已。」

行商站起來向對方走去。他那魁梧的身形峙立在巴爾面前，巴爾卻不爲所動。「是嗎？可是你卻跟我一起關在這間牢房。而我們走到這裡來的時候，那些鎗口不只是對著我，同時也對著你。聽著，當我發表戰爭與和平的高論時，我發現你簡直要氣炸了。」

他空等了一下，又說：「好吧，讓我問你一件事。你說你的故鄉被征服過，是被誰征服的？從外星系來的彗星人嗎？」

巴爾抬起頭。「是帝國。」

「眞的嗎？那你在這裡幹什麼？」

巴爾又以沉默代替回答。

迪伐斯噘出下唇，緩緩點了點頭。他把戴在右手腕上的一個扁平手鐲退下來，再遞給對方。「你知道這是什麼？」他的左手也戴了一個一模一樣的。

西維納老貴族接過了這個手鐲。過了好一會兒，他才遵照迪伐斯的手勢，將手鐲戴上。手腕上立刻傳來一陣奇特的刺痛。

迪伐斯的聲音突然變了。「對，老學究，你感覺到了。現在隨便說話吧。即使這個房間裝有監聽線路，他們也什麼都聽不到。你戴上的是一具電磁場扭曲器，貨眞價實的馬洛設計品。它的統一售價是二十五信用點，從此地到銀河外圍每個世界都一樣。今天我免費送你。你說話的時候嘴唇別動，要放輕鬆。這個竅門你必須學會。」

杜森．巴爾突然全身乏力。行商銳利的眼神充滿慫恿的意味，令他感到無法招架。

巴爾說：「你到底要我做什麼？」這句話講得含含糊糊，因爲嘴唇幾乎沒有動。

6 寵臣

在深邃空虛的太空中，出現了數艘小型星際戰艦，以迅疾的速度衝入敵方的艦隊。它們並未立即開火，而是先穿越敵艦最密集的區域，然後才發動攻勢。帝國艦隊巨大的星艦立即轉向，像瘋狂的巨獸般開始追擊。不久之後，兩艘如同蚊蚋的星艦消失在核爆中，兩團烈焰無聲無息地照亮太空深處，其他幾艘則紛紛急速逃逸。

巨型星艦搜索了一陣子，又繼續執行原來的任務。一個世界接著一個世界，巨大的包圍網建構得愈來愈緻密。

布洛綴克的制服威嚴而體面，那是細心剪裁加上細心穿戴的結果。現在，他正走過偏僻的萬達行星上的花園，這裡是帝國遠征艦隊的臨時司令部。他的步履悠閒，神情卻有些憂鬱。

貝爾．里歐思與他走在一起，他穿著野戰服，領子敞開，渾身單調的灰黑色令他顯得陰沉。

他們來到一株吐著香氣的大型羊齒樹下，竹片狀的巨葉遮住了強烈的陽光。里歐思指了指樹下一把黑色的長椅。「大人，您看，這是帝國統治時期的遺跡。這把裝飾華麗的長椅，是專爲情侶設計的，如今仍然屹立，幾乎完好如新。可是工廠和宮殿，都崩塌成一團無法辨識的廢墟了。」

里歐思自己坐了下來。克里昂二世的樞密大臣屹立在他面前，精準地揮動著手中的象牙手杖，將頭上的葉子俐落地斬下一片又一片。

里歐思蹺起二郎腿，遞給對方一根香煙。他自己一面說話，一面也掏出一根。「大帝陛下無上英明睿智，派來一位像您這麼能幹的監軍，眞是不作第二人想。我本來還有些擔心，生怕有更重要、更急迫的國家大事，會把銀河外緣這樁小戰事擠到一邊。」

「大帝的慧眼無所不在。」布洛綴克公式化地說。「我們不會低估這場戰事的重要性，話說回來，你卻似乎過分強調它的困難。他們那些小星艦絕不可能構成任何阻礙，我們犯不著費那麼大的準備功夫，進行佈置包圍網的行動。」

里歐思漲紅了臉，但是仍然勉力維持鎮定。「我不能拿部下的生命冒險，他們的人數本來就不多；我也不能採取太過輕率的攻擊行動，那樣會損耗珍貴無比的星艦。一旦包圍網完成，無論總攻擊如何艱難，我軍傷亡都能減低到原先的四分之一。昨天，我已經趁機向您解釋了軍事上的理由。」

「好吧，好吧，反正我不是軍人。在這個問題上，你已經讓我相信，表面上明顯的事實，其實根本是錯誤的。這點我們可以接受。可是，你的小心謹愼也太過走火入魔。在你傳回的第二份奏章中，你竟然要求增援。對付那麼一撮貧窮、弱小、野蠻的敵人，在尙未進行任何接觸戰之前，你竟然就先做這種要求。在這種情況下要求增援，若非你過去的經歷充分證明你的英勇和智慧，你一定會被視爲無能，甚至引起更糟的聯想。」

「我很感謝您，」將軍冷靜地答道：「但是請讓我提醒您，勇敢和盲目是兩回事。倘若我們瞭解敵人的虛實，而且至少能夠大致估計風險，那就大可放手一搏。但是在敵暗我明的情況下貿然行動，卻是一種冒失的行爲。您想想看，爲什麼一個人，白天能在充滿障礙物的道路上奔跑，晚上卻會在家裡被家具絆倒。」

布洛綴克優雅地揮了揮手，把對方的話擋回去。「說得很生動，但是無法令人滿意。你自己曾經去過那個蠻子世界。此外你還留著一個敵方的俘虜，就是那個行商。由此可見，你不應該什麼都

「單獨談。」大臣以冷峻的口氣特別強調。

「當然可以。」里歐思溫順地重複了一遍。「身爲大帝的忠實臣民，欽命代表就是我的頂頭上司。然而，因爲那個行商被關在永久性軍事基地，想要見他，您需要在適當時機離開前線。」

「是嗎？什麼樣的適當時機？」

「包圍網今天已經完成了；一週內，『邊境第二十艦隊』就要向內推進，直搗反抗力量的核心。這就是我所謂的適當時機。」里歐思微微一笑，轉過頭去。

布洛綴克有一種模糊的感覺，感到自尊心被刺傷了。

7 賄賂

莫里．路克中士是一位模範軍人。他來自昂宿星團的巨大農業世界，在那裡的居民若想脫離土地的羈絆，不願終生從事單調、辛勞而沒有成就感的工作，唯一的辦法只有投身軍旅；路克中士就是這類軍人的典型。他思想單純，作戰不畏艱險，而強健矯捷的身手，又足以使他輕易過關斬將。他對命令絕對服從，帶領部下鐵面無私，對他的將領則崇拜得五體投地。

雖然是標準的職業軍人，路克的天性卻活潑開朗。即使他在戰場上奮勇殺敵時毫不猶豫，心中也從來沒有絲毫恨意。

進門之前，路克中士竟然先按下叫門的訊號，這更表現出他的禮貌與修養。因爲在他的權限內，他絕對可以直接開門進去。

屋內的兩個人正在用晚餐，看到路克中士走進來，其中一人把腳一伸，將一台破爛的口袋型閱讀機關起來，原來充滿室內喋喋不休的粗啞聲音立刻消失。

「又送書來了嗎？」拉珊．迪伐斯問道。

中士掏出一個緊緊捲成圓柱形的膠捲，搔了搔脖子。「這是歐雷技師的東西，還要還給他。他準備寄給他的孩子，當作所謂的紀念品吧。」

杜森．巴爾將膠捲拿在手中來回翻弄，顯得很有興趣。「那位技師是從哪裡弄來這東西的？他也沒有閱讀機，對不對？」

中士用力搖了搖頭，然後指了指床腳那台破爛的機器。「那是這裡唯一的一台。那個傢伙，歐雷，他的這本書，是從我們征服的那些豬窩般的世界裡找到的。當地人把它鄭重地單獨藏在一棟大

「是的。」

巴爾嘆了一口氣。他立刻想起塵封的往事，一對老眼透出困惑的神色。「迪伐斯，行刺不是辦法。我曾經試過，當時我二十歲，一時衝動——可是沒有解決任何問題。我替西維納除掉一個惡霸，卻無法除去帝國的桎梏。問題的癥結卻是那個桎梏，而不在於有沒有惡霸。」

「老學究，可是里歐思不只是惡霸。他代表了整個該死的軍隊。沒有了他，那些官兵都會做鳥獸散。他們個個像嬰兒一般仰賴他；例如剛才那位中士，每次提到他都會情不自禁地悠然神往。」

「即使如此。帝國還有其他軍隊，還有其他將領。你得想得更遠一點。比如說，布洛綴克來了——再也沒有人像他那樣受大帝的寵信。里歐思只能靠十艘星艦苦戰，布洛綴克卻能要到好幾百艘。有關他的傳聞，我聽說得很多。」

「是嗎？他這個人怎麼樣？」行商對這個話題好像很感興趣，目光卻又流露出挫折感。

「你想要我簡單說說嗎？他是個出身卑微的傢伙，靠著無窮的諂媚贏得大帝的歡心。宮廷中所有的王公貴族，雖然自己都不是好東西，卻通通恨透了他，因爲他既沒有顯赫的家族背景，又不具備謙恭有禮的品行。他是大帝的萬能顧問，也是執行最不堪任務的工具。他心中毫無忠誠，又必須表現得忠心耿耿。整個帝國中，找不到另一個像他那麼邪惡詭詐，又那麼殘忍成性的人。聽說唯有透過他的安排，才能得到大帝的賞識；而唯有透過旁門左道，才能得到他的幫助。」

「唔！」迪伐斯若有所思地扯著修剪整齊的鬍子，「而他就是大帝派到這裡來，負責監視里歐思的老兒。你可知道我想到了一個主意嗎？」

「現在我知道了。」

「假如布洛綴克對我們這位『官兵的最愛』起了反感？」

「也許他早就起反感了。沒聽說他喜歡過什麼人。」

「假如他們之間的關係變得很糟。那麼大帝就可能知道，而里歐思就有麻煩了。」

「嗯——嗯，很有可能。可是你準備怎麼挑撥呢？」

「我不知道。但我想他應該會接受賄賂？」

老貴族輕輕笑了幾聲。「沒錯，可以這樣說，但可不像你賄賂那位中士那樣簡單——絕非一台袖珍冷藏器就能打發。而且即使你塡飽他的胃口，也可能會血本無歸。他大概是天地間最容易賄賂的人，卻一點也不遵守貪官污吏的基本規範。不論給他多少錢，他隨時會翻臉不認人。你得想想別的辦法。」

迪伐斯蹺起二郎腿來回搖晃，腳趾還不停地迅速屈伸。「至少，這是個初步靈感……」

他隨即住口，因爲叫門的訊號再度閃了起來，路克中士隨即又在門口出現。他看來十分激動，寬大的臉龐漲得通紅，卻沒有任何笑容。

「先生，」他開始說話，盡力想表現得很尊重對方。「我非常感謝你們送我冷藏器，而你們對我講話又總是非常禮貌。雖然我只是一名農家子弟，你們卻都是偉大的貴族。」

他那昂宿星團特有的口音愈來愈重，幾乎令人有點聽不太懂。他又因爲極爲激動，木訥的農人天性全部浮現出來，掩蓋了長久艱苦訓練而成的軍人本色。

巴爾柔聲問道：「中士，究竟怎麼回事？」

「布洛綴克大人要來看你們，就是明天！我知道，因爲隊長命令我讓手下準備好，明天……明天他要來檢閱。我想——我應該來警告你們一聲。」

巴爾說：「中士，謝謝你，我們很感激。不過不會有什麼事的，你不必……」

們這位年輕有爲的將軍。」

迪伐斯又點了點頭。

「好！非常好，尊貴的異邦朋友。我注意到你實在很不會講話，就讓我幫你開個頭吧。我們這位將軍，似乎正在進行一場顯然沒有意義的戰爭，卻消耗了極可觀的人力物力——他用這種方式，攻打一個不見經傳、偏遠蠻荒、芝麻大小的世界，任何有頭腦的人，都會認爲不值得爲此浪費一鎗一彈。話又說回來，將軍並不是一個沒有頭腦的人。反之，我還認爲他聰明絕頂。你聽得懂我在說什麼嗎？」

「大人，我不敢說懂。」

大臣一面審視著自己的指甲，一面說道：「那麼再好好聽下去。將軍絕不肯爲了徒勞無功的行動，犧牲他的部下和星艦。我知道他一向把自己的榮譽和帝國的光榮掛在嘴邊，但很明顯的是，他只是假裝想要效法古代的傳奇英雄。除了追求榮譽之外，他一定還另有所謀——否則怎麼會把你留在身邊，又對你十分禮遇。假如你落在我手上，卻只能對我提供那麼一點點情報，我早就把你開膛破肚，用你自己的腸子把你勒死了。」

迪伐斯保持一副木然的表情。他的眼珠卻在緩緩轉動，先看看大臣身邊的一名保鑣，再看看另一個。看得出來，那兩個保鑣已經躍躍欲試。

大臣又微微一笑。「嗯，還有，你是個沉默的小壞蛋。將軍告訴我，連心靈探測器對你也起不了作用。我可以告訴你，他犯了大錯，因爲這樣反而更讓我深信，我們這位年輕的軍事天才在撒謊。」他似乎十分得意。

「老實的生意人啊，」他繼續說：「我自己也有一種心靈探測器，應該對你特別有效。你看──」

在他的拇指與食指之間，輕輕捏著一疊粉紅與黃色相間、圖案複雜而精美的東西。至於那是什麼，實在是再明顯不過。

迪伐斯果然說：「看來像是鈔票。」

「不只是鈔票──是帝國境內最佳的紙鈔，因爲擔保品是我的領地，它們的範圍甚至超過大帝的領地。總共是十萬信用點，全都在這裡！就在我的兩指之間！通通可以給你！」

「大人，爲什麼給我錢呢？我是一名優秀的行商，但所有的買賣都是一手交錢，一手交貨。」

「爲什麼？爲了讓你講實話！將軍到底在圖謀什麼？他爲什麼要發動這場戰爭？」

拉珊．迪伐斯嘆了一口氣，若有所思地撫著鬍子。

「他在圖謀什麼？」迪伐斯說。此時大臣正在慢慢地、一張一張地數著那些錢，迪伐斯的眼睛緊盯著大臣的雙手。「簡單一句話，就是帝國。」

「哈，答得太簡單！任何圖謀不軌的人，最後的目標都是當皇帝。可是他要怎麼做呢？從這個偏遠的銀河邊緣，到那個魅力無比的皇宮之間，這條路他要怎麼走？」

「基地藏有許多祕密。」迪伐斯以苦澀的口吻說：「那裡收藏著許多書籍，都是古書──那些古書由於年代久遠，上面的文字幾乎失傳，只有幾個居最上位的人看得懂。但是那些祕密隱藏在宗教和儀典中，不准任何人動用。我以身試法，就落得今天這個下場──在那裡，我已經被宣判死刑了。」

「我明白了。這些古老的祕密又是什麼呢？繼續說，我花十萬信用點的代價，理應買到一切詳情。」

中士行了一個標準的軍禮，便走了出去。里歐思心煩氣躁地抓起桌上待批的公文，一股腦兒丟進最上層的抽屜，再用力把抽屜關起來。

「坐啊。」他對面前的兩個人不耐煩地說：「我沒有多少時間。嚴格說來，我根本不應該來這裡，可是我又必須見你們一面。」

他轉身面向杜森．巴爾，老貴族站在一個立方水晶飾物之前，正饒有興味地用細長的手指撫摸玩賞。水晶內部鑲嵌著大帝陛下——克里昂二世滿臉皺紋、威嚴無比的擬像。

「老貴族，首先我要告訴你，」將軍說：「你的謝頓就要輸了。當然，『他』打得很好，因為基地的戰士一波波蜂擁而出，個個都不要命般英勇作戰。每顆行星都做了激烈抵抗，而一旦被攻下來，又毫無例外地興起反抗活動，給征服者帶來無窮的麻煩。但它們終究被攻下來，也終於被佔領了。你的謝頓眼看就要輸了。」

「可是他還沒有輸。」巴爾恭敬地輕聲回答。

「基地本身沒有什麼指望了。他們想用重金求和，求我別讓謝頓接受最後的考驗。」

「怪不得有這種謠言。」

「啊，謠言來得比我還快嗎？有沒有提到最新的發展？」

「什麼最新的發展？」

「喔，那個布洛綴克大人，大帝最寵愛的大臣，由於他自己要求，現在已經是遠征艦隊的副總司令。」

迪伐斯這時第一次開口。「頭兒，由於他自己要求？怎麼搞的？是你開始對他產生好感了？」

他咯咯大笑起來。

里歐思鎮定地說：「不，不能說是我改變了觀感。是他用了我認爲合理而足夠的代價，跟我換得那個職位的。」

「比方說？」

「比方說，他答應向大帝要求增援。」

迪伐斯臉上的輕蔑笑意更濃了。「他已經和大帝聯絡過了，啊？頭兒，我想你現在正在等待增援艦隊，但不知道他們哪天會來。對不對？」

「你錯了！他們已經來了。五艘主力艦，性能良好，武力強大，帶著大帝的親筆祝福函前來，還有更多的星艦正在途中。行商，有什麼不對勁嗎？」他以諷刺的口吻問道。

迪伐斯用突然僵住的嘴唇說：「沒什麼！」

里歐思從辦公桌後面走出來，面對著行商，一手放在腰際的核銃上。

「行商，我問你，有什麼不對勁嗎？這個消息似乎令你很不安。當然，你沒有突然關心起基地的安危吧？」

「我沒有。」

「有——而且你還有很多古怪的地方。」

「頭兒，是嗎？」迪伐斯笑得很不自然，雙手在口袋裡握緊拳頭。「你通通提出來，我來逐一爲你破解。」

「聽好了。你被捕的過程太容易；你的太空船只受到一次攻擊，防護罩就被摧毀，而你便投降了。你輕易就背棄自己的世界，沒有要求任何代價。這些都令人起疑，對不對？」

「頭兒，我渴望投靠勝利的一方。我是個識相的人，這可是你自己說的。」

他發出一聲瘋狂而毫無意義的叫喊，不顧一切撲向前去，卻正好撞上核銃冒出的烈焰，頓時化作一團焦炭。

不久之後，太空商船便從這顆死寂的行星起飛。又過了一會兒，強烈的信號燈才射出陰森的光芒，與此同時，在巨型透鏡狀的乳黃色銀河背景中，另有許多黑影騰空而起。

迪伐斯綳著臉說：「巴爾，抓緊啦——讓我們看看，他們到底有沒有比我們快的船艦。」

他心裡很明白，答案是否定的！

他們到達外太空後，行商的聲音幾乎嘶啞了，但他仍然勉強說：「我給布洛綴克吃的餌恐怕太香了一點。他似乎跟將軍站在一條線上了。」

說著，他們已經衝進銀河稠密的群星之間。

8 首途川陀

拉珊·迪伐斯俯身觀看一個黯淡的小球形儀器，尋找任何一絲生命反應的跡象。方向控制器射出強力的訊號波束，在太空中緩慢地、徹底地過濾著各個方位。

巴爾坐在角落的便床上，耐心地看著迪伐斯工作。他問道：「沒有他們的蹤跡了吧？」

「帝國的阿兵哥嗎？沒有。」行商吼道，聲音中帶著明顯的不耐煩。「我們早就把那些王八蛋甩掉了。太空保佑！我們在超空間中盲目躍遷，幸好沒有跳進恆星肚子裡。即使他們的速度夠快，想必也不敢追來，何況他們不可能比我們快。」

他靠向椅背，猛力將衣領扯鬆。「不知道帝國阿兵哥在這裡動了什麼手腳。我覺得有些超空間裂隙的排列被搞亂了。」

「我懂了，這麼說，你是試圖回基地去。」

「我正在呼叫『協會』——至少一直在試。」

「協會？那是什麼組織？」

「就是『獨立行商協會』，你從未聽說過，啊？沒關係，沒聽過的人很多。我們還沒有做出驚天動地的大事！」

兩人沉默了一陣子，盯著毫無動靜的收訊指示器，然後巴爾又問：「你在通訊範圍內嗎？」

「我不知道。對於目前的位置，我只有一點模糊的概念，那是靠盲目推算得來的。這就是我得借助方向控制器的原因。你知道嗎，也許要好幾年的時間。」

「會不會是那個？」

求你……」

巴爾搖了搖頭。「迪伐斯，我並沒有選擇的餘地。你不必良心不安，我並非爲了你而犧牲兩個兒子。當初我跟里歐思合作，已經豁出了一切。可是沒想到會有心靈探測器。」

西維納老貴族睜開眼睛，目光中流露出深切的悲痛。「里歐思之前找過我一次，那是一年多以前的事。他提到一個崇拜魔術師的教派，卻不瞭解眞實內情。嚴格說來那並不是教派。你知道嗎，已經四十年了，西維納仍然受到無可忍受的高壓統治，所以你我的世界有一個共同的敵人。前後發生過五次起義事件，都被鎭壓下去了。後來，我發現了哈里．謝頓的古老記錄——那個『教派』所等待的，就是其中的預言。

「他們等待『魔術師』到來，也爲這一天做好了準備。我的兩個兒子就是這批人的首領。我心中的這個祕密，絕對不能被探測器發現。所以我的兒子必須以人質的身分犧牲；否則他們仍然會被當作叛徒處死，但半數的西維納人卻也會陪葬。你瞧，我根本沒有選擇的餘地！而我也絕對不是局外人。」

迪伐斯垂下眼瞼，巴爾繼續柔聲說：「西維納唯一的指望，就是基地能夠勝利。我的兩個兒子，可算是爲了基地的勝利而犧牲。當哈里．謝頓推算到基地勝利的時候，並未將西維納獲救計算在內。對於同胞的命運，我沒有什麼把握——只是希望而已。」

「可是你仍然願意在此等待，即使帝國艦隊已經打到洛瑞斯。」

「我會懷著百分之百的信心，一直等待下去。」巴爾直截了當地答道：「即使他們登陸了那顆端點星。」

行商無可奈何地皺起眉頭。「我不知道。不可能照你說的那樣發展；不可能像變魔術那樣。不管有沒有心理史學，反正他們強大得可怕，而我們太弱了。謝頓又能做些什麼呢？」

「什麼都不必做。該做的已經做過了，一切仍在進行中。雖然你沒有聽見鳴金擂鼓，並不代表就沒有任何發展。」

「也許吧，但我仍然希望你能把里歐思的腦袋打碎。他一個人比整支軍隊還要可怕。」

「把他的腦袋打碎？你忘了布洛綴克是他的副總司令？」巴爾的面容頓時充滿恨意，「所有的西維納人都等於是人質，而布洛綴克早就證明了他的厲害。有一個世界，五年前十分之一的男子遭到殺害——只因爲他們無法付清積欠的稅款。負責徵稅的，正是這個布洛綴克。不，應該讓里歐思活下去。比起布洛綴克，他施加的懲罰簡直就是恩典。」

「但是六個月了，整整六個月了，我們都待在敵營，卻看不出任何跡象。」迪伐斯強壯的雙手相互緊握，壓得指節格格作響。「卻看不出任何跡象！」

「喔，慢著。你提醒了我——」巴爾在衣袋中摸索了一陣子，「這個也許有點用處。」他將一個小金屬球丟到桌上。

迪伐斯一把抓起來。「這是什麼？」

「信囊，就是里歐思被我打昏前收到的那個。這東西能不能算有點用處？」

「我不知道。要看裡面裝的是什麼！」迪伐斯坐下來，將金屬球抓在手中仔細端詳。

當巴爾洗完冷水浴，又在「空氣乾燥室」舒舒服服地享受了暖流的吹拂之後，發現迪伐斯正全神貫注、默然不語地坐在工作檯前。

西維納老貴族一面有節奏地拍打自己的身體，一面扯著喉嚨問道：「你在幹什麼？」

迪伐斯抬起頭來，他的鬍子上黏著許多亮晶晶的汗珠。「我想把這個信囊打開。」

「沒有里歐思的個人特徵資料，你打得開嗎？」西維納老貴族的聲音中帶著幾分驚訝。

「如果我打不開，我就退出協會，這輩子再也不當船長。我剛才拿三用電子分析儀，詳細檢查了它的內部；我身邊還有些帝國聽都沒聽過的小工具，專門用來撬開各種信囊。你知道嗎，我曾經幹過小偷。身爲行商，什麼事都得懂一點。」

他低下頭繼續工作，拿著一個扁平的小儀器，輕巧地探著信囊表面各處，每次輕觸都會帶起紅色的電花。

他說：「無論如何，這個信囊做得很粗陋。我看得出來，帝國工匠對這種小巧的東西都不在行。看過基地出品的信囊嗎？只有這個的一半大，而且能屏蔽電子分析儀的探測。」

然後他屏氣凝神，衣服下的肌肉明顯地鼓脹起來。微小的探針慢慢向下壓……

信囊悄無聲息地打開，迪伐斯卻大大嘆了一口氣。他將這個閃閃發光的金屬球拿在手中，信箋有一半露在外面，好像是金屬球吐出的紙舌頭。

「這是布洛綴克寫的信，」然後，他又以輕蔑的語氣說：「信箋用的還是普通紙張。基地的信囊打開後，信箋在一分鐘內就會氧化成氣體。」

杜森．巴爾卻擺手示意他閉嘴，自己很快讀了一遍那封信。

發文者：大帝陛下欽命特使，樞密大臣，帝國高級貴族，安枚爾．布洛綴克

受文者：西維納軍政府總督，帝國星際艦隊將軍，帝國高級貴族，貝爾．里歐思

謹致賀忱。第一一二〇號行星已放棄抵抗，攻擊行動依預定計畫繼續順利進展。敵已顯見疲弱

之勢，定能達成預期之最終目標。

看完這些蠅頭小字，巴爾抬起頭來怒吼道：「這個傻瓜！這個該死的狗官！這算哪門子密函？」

「哦？」迪伐斯也顯得有些失望。

「什麼都沒有提到。」巴爾咬牙切齒地說：「這個只會諂媚阿諛的大臣，現在竟然也扮演起將軍的角色。里歐思不在的時候，他就是前線指揮官。他爲了自我安慰，拿這些和自己無關的軍事行動大作文章，做出這種自大自誇的報告。『某某行星放棄抵抗』、『攻擊繼續進展』、『敵見疲弱之勢』。他簡直就是空心大草包。」

「嗯，不過，慢著。等一等——」

「把它丟掉。」老人轉過身去，一臉羞愧悔恨的表情。「銀河在上，我原本也沒有希望它會是多了不起的重要機密。可是在戰時，即使是最普通的例行命令，倘若沒有送出去，也會使得軍事行動受到干擾，而影響以後的若干局勢。我當時正是這麼想，才會把它搶走的。可是這種東西！還不如把它留在那裡呢。讓它耽誤里歐思一分鐘的時間，也比落在我們手中更有建設性。」

迪伐斯卻已經站起來。「看在謝頓的份上，能不能請你閉嘴，暫時不要發表高論？」

他將信箋舉到巴爾眼前。「你再讀一遍。他所謂的『預期之最終目標』究竟是什麼意思？」

「當然就是征服基地。不是嗎？」

「是嗎？也許他指的是征服帝國呢。你也知道，他深信那才是最終的目標。」

「果眞如此又怎樣？」

「果眞如此！」迪伐斯的笑容消失在鬍子裡，「哈，注意啦，讓我做給你看。」

迪伐斯只用一根手指，就將那個有著龍飛鳳舞標誌的信箋塞了回去。伴著一聲輕響，信箋立刻消失，而金屬球又恢復原狀，變成光滑而沒有縫隙的球體。在它的內部，還傳出一陣零件轉動的響聲，那是控制裝置藉著隨機轉動來攪亂密碼鎖的排列。

「現在，沒有里歐思的個人特徵資料，就沒有辦法打開這個信囊了，對不對？」

「對帝國而言，的確沒辦法。」巴爾說。

「那麼，無論它裝著任何證據，我們都不知道，所以絕對假不了。」

「對帝國而言，的確如此。」巴爾又說。

「可是皇帝有辦法打開它，對不對？政府官員的個人特徵資料一定都已建檔。在我們基地，政府就保有官員們的詳細資料。」

「帝國首都也有這種資料。」巴爾再度附和。

「那麼，當你這位西維納的貴族，向克里昂二世那位皇帝稟報，說他手下那隻最乖巧的鸚鵡，和那頭最勇猛的獵鷹，竟然勾結起來密謀將他推翻，並且呈上信囊爲證，他對布洛綴克的『最終目標』會做何解釋？」

巴爾有氣無力地坐下來。「等一等，我沒有搞懂你的意思。」他撫摸著瘦削的臉頰，問道：

「你不是要玩眞的吧？」

「我是要玩眞的。」迪伐斯被激怒了，「聽好，先前十個皇帝之中，有九個是被野心勃勃的將軍殺頭或鎗斃的。這是你自己跟我講了許多遍的事。老皇帝一定立刻會相信我們，令里歐思根本措手不及。」

巴爾細聲低語：「他的確是要玩眞的！看在銀河的份上，老兄，你用這種牽強附會、不切實際、三流小說中的計畫，是不可能解決謝頓危機的。假設你從來就沒有得到這個信囊呢？假設布洛綴克並未使用『最終目標』這幾個字呢？謝頓不會仰賴這種天外飛來的好運。」

「假如天外眞的飛來好運，可沒有任何定律阻止謝頓善加利用。」

「當然，可是……可是……」巴爾突然打住，然後以顯然經過克制的鎭定口吻說：「聽好，首先，你要怎樣到達川陀？你不知道那顆行星在太空中的位置，我也根本不記得它的座標，更別提星曆表了。甚至連你身在何處，你都還搞不清楚呢。」

「你是不會在太空中迷路的，」迪伐斯咧嘴一笑，他已經坐到控制台前。「我們立刻登陸最近的行星，等我們回到太空的時候，就會把我們的位置弄得明明白白，還會帶著最好的宇航圖，布洛綴克給我的十萬信用點會很有用處。」

「此外，我們的肚子還會被射穿一個大洞。帝國這一帶的星空，每顆行星一定都在畫影圖形捉拿我們。」

「老學究，」迪伐斯耐著性子說：「你別那麼天眞好不好。里歐思說我的太空船投降得太容易了，哈，他並不是在說笑。這艘船擁有足夠的火力，防護罩也有充足的能量，在這個邊區星空不管遇到任何敵人，我們都有能力應付。此外，我們還有個人防護罩。帝國的阿兵哥一直沒有發現，你可知道，是因爲我不要讓他們找到。」

「好吧，」巴爾說：「好吧。假設你到了川陀，你又如何能見到大帝？你以爲他隨時恭候大駕嗎？」

「這一點，等我們到了川陀再擔心吧。」迪伐斯說。

以來最龐雜政府的行政中心，處理來自銀河各處的無數疑難雜症。

川陀有二十個農業世界作爲它的穀倉，而整個銀河都是它的僕人……

太空商船兩側被巨大的金屬臂緊緊夾住，緩緩地經由斜坡滑向船庫。在此之前，迪伐斯已經耐著性子辦好許多繁複的手續。這個世界唯一的功能便是生產「一式四份」的公文，各種手續的煩雜程度可想而知。

他們還在太空的時候，就被攔下來進行初步檢查，塡好了一張問卷表格。但他們絕對想不到，之後還有上百張表格有待塡寫。他們接受了上百次的盤問，以及例行的初級心靈探測。海關還爲他們的太空船拍照存檔，並爲兩人做個人特徵分析，然後詳細記錄下來。接著是搜查違禁品與私貨，繳交關稅……最後的一關，是檢查兩人的身分證件與遊客簽證。

杜森．巴爾是西維納人，因此是帝國的百姓，迪伐斯卻沒有必備的證件，因而變得來歷不明。負責詢問他們的海關官員，立時露出萬分悲傷的表情，表示不能讓迪伐斯入境。事實上，迪伐斯還將遭到扣押，並將接受正式的調查。

突然間，一張嶄新的、由布洛綴克大人領地擔保的一百信用點鈔票，出現在海關官員眼前，並且悄悄地易手。官員裝模作樣地輕咳一聲，悲傷的表情隨即消失。他從某個文件格中掏出一張表格，熟練而迅速地塡寫完畢，並將迪伐斯的個人特徵鄭重其事地附在後面。

在表格上，行商與老貴族的居住地都是「西維納」。

而在太空船庫中，他們的太空船被安置在一角，照相存檔、記錄相關資料、清點內部物品、複印乘客的身分證明，然後繳交手續費，做好繳清費用的記錄，這才終於領到收據。

不久之後，迪伐斯來到一個巨大的天台，耀眼的白色太陽高掛在頭頂。天台上有許多婦女在談天，許多兒童在嬉戲，男士們則懶洋洋地一面喝著酒，一面聽著巨型電視幕中高聲播報的帝國新聞。

巴爾走進一間新聞傳播室，付了足夠的鈦幣，從一堆報紙中取走最上面的一份。他買的是川陀的〈帝國新聞報〉，亦即帝國政府的機關報。新聞傳播室後面傳出印刷機輕微的噪音，那是正在趕印更多的報紙。「帝國新聞報總社」離此地很遠——地面距離一萬哩；空中距離六千哩，但是由於印刷機與總社直接聯線，所以能夠即時印製最新的新聞。在這顆行星上各個角落，類似的新聞傳播室共有上千萬，每間皆以這種方式印製即時新聞。

巴爾看了看報紙的標題，然後輕聲說：「我們應該先做什麼？」

迪伐斯正在盡力擺脫沮喪的情緒。如今他置身於一個距離故鄉極為遙遠的世界，這個世界令他眼花撩亂、心情沉重，居民的行為與語言也都是他無法理解的。而在他身旁，聳立著無數閃耀金屬光澤的高大建築，一直延伸到地平線的盡頭，也令他有很大的壓迫感。在這個由整個行星所構成的大都會中，人人過著忙碌而疏離的生活，這又使他感到可怕的孤獨，體認到自己的微弱與渺小。

他回答說：「老學究，現在最好一切由你作主。」

巴爾顯得很鎮定，低聲說道：「我曾經試圖告訴你這裡的情形，可是我知道，倘若沒有親眼見到，很多事情你是不會相信的。你知道每天有多少人想覲見大帝嗎？大約一百萬。你知道他接見多少嗎？大約十個人。我們得先向政府機關提出申請，而這樣做非常麻煩。可是我們又請不起貴族幫忙。」

「我們的十萬信用點，幾乎都還沒有動用。」

「一個帝國高級貴族就能吃掉那麼多錢，可是想要見到大帝，至少得透過三、四個高級貴族牽線。倘若循公家機關的途徑，大約需要找五十個局長、主任之類的行政長官，但是他們大概每人只收一百信用點。讓我來負責跟他們交涉。原因之一，他們聽不懂你的口音；原因之二，你也不懂帝國的賄賂文化。我向你保證，這可是一門藝術。啊！」

在〈帝國新聞報〉第三版，巴爾發現了他想要找的消息，趕緊將報紙遞給迪伐斯。

迪伐斯讀得很慢。報上的遣詞用字很陌生，但他至少還讀得懂。然後，他抬起頭來，眼神中充滿不安與憂鬱，還用手背使勁拍著報紙。「你認爲這種消息可靠嗎？」

「在某個限度之內。」巴爾冷靜地回答。「上面說基地的艦隊已被掃平，這是很不可能的事。這個首都世界距離前線那麼遠，若是透過一般的戰地新聞管道，他們可能已經把這則新聞報了好幾遍。它眞正的意思，我想是指里歐思又贏了一場戰役，這並不值得大驚小怪。上面說他拿下洛瑞斯，是不是指洛瑞斯王國的首都行星？」

「是的，」迪伐斯沉思了一下，「或者應該說，是歷史上的洛瑞斯王國。它距離基地還不到二十秒差距。老學究，我們的動作得快一點。」

巴爾聳聳肩。「在川陀可快不得。如果你想快，很可能就會死在核銃之下。」

「需要多久的時間呢？」

「運氣好的話，一個月吧。一個月的時間，再賠上我們的十萬信用點——即使剛好夠用。這還需要有個前提，那就是大帝沒有突然心血來潮，移駕到避暑行星去，他在那裡不會接見任何請願者。」

「可是基地——」

「——會安然無事的，就像之前一樣。來，我們該解決晚餐問題了，我好餓。吃完飯之後，傍晚這段時間可以好好利用一下。你該知道，此後我們再也見不到川陀或是類似的世界了。」

外圍星省內政局長攤開兩隻肥胖的手掌，露出一副愛莫能助的表情，還用貓頭鷹似的近視眼瞪著兩位申請者。「兩位，可是大帝御體欠安。實在不必再去麻煩我的上司了。一週以來，大帝陛下沒有接見過任何人。」

「他會接見我們的。」巴爾裝著一副胸有成竹的樣子，「只要告訴大帝，我們是樞密大臣的手下。」

「不可能。」局長高聲強調，「這麼做，我會連飯碗都砸掉。這樣吧，請你們把來意說得更明白一點。我很樂意幫你們，懂吧，但我自然要知道得很詳細，才能向我的上司提出來，請他做進一步的考慮。」

「假如我們的來意可以透露給任何人，而不是只能稟報大帝，」巴爾振振有辭地說：「那又有什麼重要性，又何必非得覲見大帝陛下呢？我建議你把握住這個難得的機會。也許我該提醒你，如果大帝陛下認定我們的事情很重要，其實我保證一定會，那麼你將因爲幫助我們有功，而必定獲得嘉獎。」

「沒錯，可是……」局長聳了聳肩，沒有再說下去。

「這是你的大好機會。」巴爾再度強調，「當然，冒險總該得到回報。我們知道要請你幫的是個大忙，而你肯給我們這個機會向你解釋我們的問題，我們萬分感激你的好意。但是如果能讓我們有一點實際的表示……」

迪伐斯皺起了眉頭。過去一個月，類似的話他已經聽了有二十遍。每次在這種對話之後，都會照例在遮遮掩掩中，有幾張鈔票迅速易手。但是這次的結局稍有不同。通常鈔票會立刻從視線中消失；這回卻仍然留在檯面上，局長好整以暇地一張張數著，還順便把每張鈔票翻來覆去檢查了一遍。

他的口氣起了微妙的變化。「由樞密大臣擔保，啊？眞是好鈔票！」

「讓我們回到正題……」巴爾催促道。

「不，等一等，」局長打斷了巴爾，「讓我們一步一步來。我實在很想知道你們眞正的來意。這些錢都是新鈔，而你們口袋裡一定裝了不少，因爲我突然想到，你們來見我之前，已經見過許多官員。好了，這究竟是怎麼回事？」

巴爾答道：「我不明白你這話是什麼意思。」

「唉，聽好了，這也許就能證明你們是非法入境本星的。因爲這位不說一句話的朋友，他的身分證明和入境表格顯然不完整，他根本不是大帝的子民。」

「我否認。」

「你否認也不要緊，」局長的態度突然變得粗暴，「那個拿了你們一百信用點、在他的入境表格上簽字的海關已經招供了，所以我們對你們兩人的瞭解，要比你們想像中多得多。」

「大人，如果你是在暗示，我們請你收下的錢，還不足以讓你冒這個險……」

局長微微一笑。「正好相反，簡直太夠了。」他將那疊鈔票丟在一邊，「回到我剛才的話題，其實是大帝自己注意到了你們的案子。兩位先生，你們是不是最近當過里歐思將軍的座上客？你們是不是剛從他的軍隊裡逃出來，可是說得保守點，實在太容易了？你們是不是擁有一小筆財富，全是由布洛綴克大人領地所擔保的鈔票？簡單地說，你們是不是兩名間諜和刺客，被派到這裡來……

好了，你們自己說是誰雇用你們，任務又是什麼！」

「你知道嗎，」巴爾帶著怒意說：「你只是個小小的局長，沒有權利指控我們犯了任何罪。我們要走了。」

「你們不准走。」局長站了起來，眼睛似乎不再近視。「你們現在不必回答任何問題，以後有得是機會——更好的機會。我根本不是什麼局長，而是帝國祕密警察的一名副隊長。你們已經被捕了。」

他微微一笑，手中突然出現一把亮晶晶的高性能核銃。「比你們更重要的人物，今天也已經被捕了。我們要把你們一網打盡。」

迪伐斯大吼一聲，想要拔出自己的核銃，可惜慢了一步。那名祕密警察一面綻開笑容，一面使勁按下扳機。銃口立刻吐出強力射線，正中迪伐斯的胸膛，迸發出一陣毀滅性的烈焰——迪伐斯卻完全沒有受傷，個人防護罩將所有的能量反彈回去，濺起一片閃爍的光雨。

迪伐斯立刻還擊，祕密警察的上半身瞬間消失，頭顱隨即滾落地面。牆壁也被打穿一個洞，一束陽光射進屋內，正好照在那個依然微笑的頭顱上。

兩人趕緊從後門溜走。

迪伐斯用粗啞的聲音吼道：「趕快回到太空船去，他們隨時會發佈警報。」他又壓低了聲音，惡狠狠地咒罵：「又一個計畫弄巧成拙。我敢打賭，一定是宇宙邪靈在跟我過不去。」

衝到外面之後，他們發現群眾都圍在巨型電視幕前交頭接耳。他們沒有時間停下來弄明白；雖然聽到斷斷續續的吼叫聲，也顧不得發生了什麼事。但在鑽進巨大的太空船庫之前，巴爾順手抓了一份〈帝國新聞報〉。迪伐斯開砲將頂棚打穿一個大洞，便倉皇地駕著太空船從洞口升空。

「你逃得掉嗎？」巴爾問道。

循著由無線電波導航的合法離境航線，他們的太空船飛馳而去，速度超過了宇宙間一切速限。有十艘交通警察的太空船緊追在後，其後更有祕密警察的星艦。他們的目標是一艘外型明確的太空船，由兩名已被確認的兇手所駕駛。

「看我的。」迪伐斯說完，便在川陀上空二千哩處硬生生切入超空間。由於此處的重力場太強，這個躍遷令巴爾陷入昏迷狀態，迪伐斯也由於劇痛而感到一陣暈眩。好在飛過幾光年之後，就沒有其他太空船的蹤跡了。

對於太空商船的精采表現，迪伐斯的驕傲溢於言表。他說：「無論在哪裡，都沒有任何帝國星艦追得上我。」

然後，他改用苦澀的口氣說：「可是我們現在已經走投無路，又無法和他們那麼強大的勢力為敵。我們怎麼辦？誰能有辦法？」

巴爾在便床上無力地挪動著。切入超空間的生理反應還沒有消退，他全身各處的肌肉仍然疼痛不堪。他說：「誰也不必做什麼，一切都結束了。你看！」

他把緊捏在手中的〈帝國新聞報〉移到迪伐斯眼前，行商看到標題就明白了。

「里歐思和布洛綴克——召回並下獄。」迪伐斯喃喃唸道，然後又呆然地瞪著巴爾。「為什麼？」

「報導中並沒有提到，但是這又有什麼關係？帝國征伐基地的戰爭已經結束，與此同時，西維納也爆發了革命。你仔細讀一讀這段新聞。」巴爾的聲音愈來愈小，「我們找些地方停下來，打探一些後續的發展。如果你不介意，現在我想睡覺了。」

他真的呼呼大睡起來。

藉著一次比一次幅度更大的連續躍遷，太空商船橫越銀河，一路向基地的方向進發。

10 終戰

拉珊．迪伐斯感到渾身不自在，甚至有點不高興。剛才市長頒贈一枚勳章給他，並且為他佩戴紅緞帶時，他以世故的沉默忍受著市長浮誇的言辭。受勳後，他在這個典禮中的演出就結束了，可是為了顧及禮儀，他當然得留在原地。這些繁瑣的虛禮令人難以忍受，他既不敢大聲打哈欠，又不能把腳抬到椅子上晃盪，所以他巴不得趕快回到太空，那裡才是他的天地。

接著，由杜森．巴爾所率領的西維納代表團在公約上簽字，西維納從此加入基地體系。從帝國的政治勢力脫離，直接轉移到基地的經濟聯盟，西維納是首開先例的第一個星省。

五艘帝國的主力艦掠過天空——它們原本屬於皇家邊境艦隊，是西維納起義中的戰利品。在通過市區時，五艘碩大的星艦一齊發出巨響，向地面的貴賓致敬。

大家開始飲酒狂歡，高聲交談……

迪伐斯聽到有人叫他，那是弗瑞爾的聲音。迪伐斯心知肚明，像自己這種角色，弗瑞爾一上午的利潤就能買到二十個。可是弗瑞爾竟然表現得萬分親切，對他彎了彎手指，示意請他過去。

於是迪伐斯走到陽台，沐浴在夜晚的涼風中。他恭敬地鞠躬行禮，將愁眉和苦臉藏在鬍子底下。巴爾也在那裡，他帶著微笑說：「迪伐斯，你得救救我。他們硬要說我過分謙虛，這個罪名實在太可怕又太詭異了。」

弗瑞爾把咬在嘴裡的粗雪茄拿開，然後說：「迪伐斯，巴爾爵爺竟然堅稱，里歐思會被皇帝召回，和你們去川陀這件事並沒有關係。」

「閣下，完全沒有關係。」迪伐斯簡單明瞭地回答。「我們根本沒有見到那個皇帝。我們逃回來的時候，沿途打探那場審判的消息，根據那些報導，這純然是羅織罪名。我們還聽到很多傳聞，說那個將軍和宮廷中有意謀反的黨派勾結。」

「那麼他是無辜的嗎？」

「里歐思？」巴爾插嘴道：「是的！銀河在上，他是無辜的。布洛綴克雖然在各方面都算是叛徒，但這次的指控卻是冤枉他了。這是一場司法鬧劇，卻是必然發生的鬧劇，不難預測，而且不可避免。」

「我想，是由於心理史學的必然性吧。」弗瑞爾故意把這句話說得很大聲，表示他很熟悉這些術語。

「一點都沒錯。」巴爾的態度轉趨嚴肅，「事先難以看透，可是事情結束之後，我就能……嗯……就像在書本末頁看到謎底一樣，問題變得很簡單了。現在，我們可以瞭解，由於帝國當前的社會背景，使它無法贏得任何一場征戰。當皇帝軟弱無能的時候，將軍們會蠢蠢欲動，為了那個既無聊又必然招禍的帝位，搞得整個帝國四分五裂。假如皇帝大權在握，帝國便會痲痺僵化，雖然暫時阻止表面上的瓦解趨勢，卻犧牲了一切可能的成長和發展。」

弗瑞爾一面吞雲吐霧，一面直率地吼道：「巴爾爵爺，你說得不清不楚。」

巴爾緩緩露出笑容。「我也這麼認為。我沒有受過心理史學的訓練，所以會有這種困難。和數學方程式比較起來，語言只是相當含糊的替代品。不過，讓我們想想——」

巴爾陷入沉思，弗瑞爾趁機靠在欄杆上休息，迪伐斯則望著天鵝絨般的天空，心中遙想著川陀。

然後巴爾開始說：「閣下，你瞧，你——以及迪伐斯——當然還有基地上每一個人，都認為想要擊敗帝國，首先必須離間皇帝和他的將軍。你和迪伐斯，還有其他人其實都沒錯——在考慮內部不和這個原則上，這種想法始終是正確的。

「然而，你們所犯的錯誤，在於認爲這種內在的分裂，必須源自某種個別的行動，或是某人的一念之間。你們試圖利用賄賂和謊言；你們求助於野心和恐懼。但是你們吃盡苦頭，最後還是白忙一場。事實上，每一次的嘗試，反而使得情勢看來更糟。

「這些嘗試，就像是你在水面上拍擊出的漣漪，而謝頓的巨浪則繼續向前推進，雖悄無聲息，卻莫之能禦。」

杜森．巴爾轉過頭去，目光越過欄杆，望向舉市歡騰的燈火。他又說：「有一隻幽靈之手在推動我們每個人——英武的將軍、偉大的皇帝、我們的世界和你們的世界——那就是哈里．謝頓的手。他早就知道里歐思這種人會失敗，因爲他的成功正是失敗的種籽；而且愈大的成功，便會導致愈大的失敗。」

弗瑞爾冷淡地說：「我還是認爲你的話不夠清楚。」

「耐心聽下去。」巴爾一本正經地說：「讓我們想想各種情況。任何一個無能的將軍，顯然都無法對我們構成威脅。而當皇帝軟弱昏庸時，能幹的將軍同樣不會威脅到我們，因爲有更有利的目標，會吸引他向內發展。歷史告訴我們，過去兩個世紀，四分之三的皇帝都出身於叛變的將軍或總督。

「所以只剩下一種組合，只有強勢的皇帝加上驍勇的將軍才能威脅到基地的安全。因爲想拉下一個強勢皇帝並不容易，驍勇的將軍只好越過帝國的疆界向外發展。

「可是，強勢皇帝又如何維持強勢呢？是什麼在維持著克里昂的強勢領導？這很明顯。他不允許文臣武將能力太強，所以能夠唯我獨尊。假如某個大臣太過富有，或是某個將軍太得人心，對他而言都是危險。帝國的近代史足以證明，凡是明白這一點的皇帝都能變成強勢皇帝。

「里歐思打了幾場勝仗，皇帝便起疑了。當時所有的情境都令他不得不起疑。里歐思拒絕了賄賂？非常可疑，可能另有所圖；他最寵信的大臣突然支持里歐思？非常可疑，可能另有所圖。並非哪些個別行動顯得可疑，任何行動都會使他起疑——因此我們的計畫全都沒有必要，而且徒勞無功。正是里歐思的成功使他顯得可疑，所以他被召回，被指控謀反，被定罪並遭到殺害。基地又贏得了一次勝利。

「懂了吧，無論是哪種可能的組合，都能保證基地是最後的贏家。不論里歐思做過些什麼，也不論我們做過些什麼，這都是必然的結局。」

基地大亨聽到這裡，若有所悟地點了點頭。「很有道理！可是如果皇帝和將軍是同一人呢。嘿，這時又會如何？你並沒有討論到這種情況，所以還不能算證明了你的論點。」

巴爾聳聳肩。「我無法『證明』任何事，我沒有必要的數學工具。但是我能請你做一點推理。如今的帝國，所有的貴族、所有的強人，甚至所有的江洋大盜都在覬覦帝位——而歷史告訴我們，成功的例子屢見不鮮——即使是一個強勢皇帝，假如他太過關心銀河盡頭的戰事，又會帶來什麼後果呢？在他離開首都多久之後，就會有人另豎旗幟興起內戰，逼得他非得班師回朝不可？就帝國目前的社會環境而言，這種事很快就會發生。

「我曾經告訴里歐思，即使帝國所有的力量加起來，也不足以搖撼哈里．謝頓的幽靈之手。」

「很好！很好！很好！」弗瑞爾顯得極為高興，「你的意思是說，帝國永遠不可能再對我們構成威脅。」

「在我看來的確如此。」巴爾表示同意。「坦白說，克里昂很可能活不過今年，然後，幾乎必然又會爆發繼位的紛爭，而這可能意味著帝國的『最後』一場內戰。」

「那麼，」弗瑞爾說：「再也不會有任何敵人了。」

巴爾語重心長地說：「還有第二基地。」

「在銀河另一端的那個？幾個世紀內還碰不到呢。」

此時，迪伐斯突然轉過頭來，面色凝重地面對著弗瑞爾。「也許，我們的內部還有敵人。」

「有嗎？」弗瑞爾以冷淡的口氣問道：「什麼人？請舉個例子。」

「例如，有些人希望將財富分配得公平一點，更希望辛勤工作的成果不要集中到幾個人手中。懂我的意思嗎？」

弗瑞爾眼中的輕蔑漸漸消失，現出和迪伐斯一樣的憤怒眼神。

11 新娘與新郎

貝泰對赫汶恆星的第一印象是一點也不壯觀。她的先生說過——它是位於虛空的銀河邊緣，一顆毫無特色的恆星。它比銀河盡頭任何一個稀疏的星團都要遙遠；雖然那些星團發出的光芒稀稀落落，赫汶恆星卻更爲黯淡無光。

杜倫心裡很明白，以這顆「紅矮星」作爲婚姻生活的前奏曲，實在是太過平凡無趣。所以他噘著嘴，顯得有些不好意思。「貝，我也知道——這並不是個很適宜的改變，對不對？我的意思是，從基地搬到這裡。」

「杜倫，簡直是可怕的改變。我眞不該嫁給你。」

他臉上立時露出傷心的表情，而在尙未恢復之前，她就以特有的「愜意」語調說：「好啦，小傻瓜。趕緊把你的下唇拉長，裝出你獨有的垂死天鵝狀——你每次把頭埋到我的肩膀之前，總會現出那種表情；而我就會撫摸你的頭髮，摩擦出好多靜電。你想引誘我說些傻話，是不是？你希望我說：『杜倫，不論天涯海角，只要和你在一起，我就永遠幸福快樂！』或者說：『親愛的，只要和你長相廝守，即使在星際間的深邃太空，我也覺得有家的溫暖！』你承認吧。」

她伸出一根手指指著他，在他的牙齒快要挨近時，又趕緊把手縮回去。

他說：「如果我認輸，承認你說得都對，你是不是就會準備晚餐？」

她心滿意足地點點頭。他回報一個微笑，目不轉睛地望著她。

在別人眼中，她並不能算絕代美女——他自己也承認——即使人人都會多看她一眼。她的直髮有些單調，卻烏黑而亮麗；嘴巴縱使稍嫌大些，但是她有一對緻密的柳眉——眉毛上面是白皙稚嫩、毫無皺紋的額頭；下面是一雙琥珀色的眼睛，微笑的時候份外熱情。

她的外表看來十分堅強剛毅，似乎對人生充滿務實、理性、擇善固執的態度，不過在她內心深處，仍然藏有小小的一潭溫柔。倘若有誰想要強求，一定會無功而返；只有最瞭解她的人，才知道應該如何汲取——最要緊的是絕不能洩漏這個意圖。

杜倫隨手調整一下控制台上的按鍵，決定先稍事休息。還要再做一次星際躍遷，然後「直飛」數個毫微秒差距之後，才需要進行人工飛行。他靠在椅背上向後望去，看到貝泰在儲藏室，正在選取食品罐頭。

他對貝泰的態度可說是沾沾自喜——過去三年來，他一直在自卑感的邊緣掙扎，如今的表現，只是一種心滿意足的敬畏，象徵著他的驕傲與勝利。

畢竟他只是個鄉巴佬——非但如此，他的父親還是一名叛變的行商。而她則是道道地地的基地公民——非但如此，她的家世還能直溯馬洛市長。

基於這些因素，杜倫心裡始終有些忐忑。將她帶回赫汶，住在岩石世界的洞穴都市裡，本身就是很糟的一件事。更糟的是，還得讓她面對行商對基地（以及漂泊者對都市人）的傳統敵意。

無論如何——晚餐過後，進行最後一次躍遷！

赫汶恆星本身是一團火紅的猛烈光焰，而它的第二顆行星表面映著斑駁的紅色光點，周圍是一圈迷濛的大氣，整個世界有一半處於黑暗。貝泰靠在巨大的顯像台前，看著上面蛛網般交錯的座標曲線，赫汶二號不偏不倚位於座標正中心。

她以嚴肅的口氣說：「我眞希望當初先見見你父親。假如他不喜歡我……」

「那麼，」杜倫一本正經地說：「你會是第一個讓他討厭的美女。在他尚未失去一條手臂，還在銀河各處浪跡天涯的時候，他……算啦，如果問他這些事，他會對你滔滔不絕，直到你的耳朵長繭。後來，我覺得他不斷在添油加醋，因爲同樣一個故事，他每次的講法都不同……」

現在赫汶二號已經迎面撲來。在他們腳下，內海以沉重的步調不停旋轉，青灰色海面在稀疏的雲層間時隱時現。還有崎嶇嶙峋的山脈，沿著海岸線延伸到遠方。

隨著太空船更接近地表，海面開始呈現波浪的皺褶。當他們在地平線盡頭轉向時，又瞥見擁抱著海岸的衆多冰原。

在激烈的減速過程中，杜倫以含糊的聲音問：「你的太空衣鎖緊了嗎？」

這種貼身的太空旅行衣，不但內部具有加溫裝置，其中的發泡海綿還能抵抗加速度的作用。貝泰豐腴的臉龐已被壓擠得又紅又圓。

在一陣嘰嘎響聲之後，太空船降落在一個沒有任何隆起的開闊地上。

兩人好不容易才從太空船爬出來，四周是伸手不見五指的黑暗，這是「外銀河」夜晚的特色。冷風在曠野中打著轉，一股寒意陡然襲來，令貝泰倒抽一口涼氣。杜倫抓住她的手肘，兩人跌跌撞撞地跑過平整的廣場，朝遠方漏出一線燈光的方向跑去。

半途就有數名警衛迎面而來，經過幾句簡單的問話，警衛便帶著兩人繼續向前走。岩石閘門一開一關之後，冷風與寒氣便消失了。岩洞內部有壁光照明，既暖和又明亮，還充滿嘈雜鼎沸的喧鬧聲。杜倫掏出證件，讓坐在辦公桌後面的海關人員一一查看。

海關只瞄了幾眼，就揮手讓他們繼續前進。杜倫對妻子耳語道：「爸爸一定先幫我們打點過，通常得花上五個鐘頭才能出關。」

他們穿出岩洞後，貝泰突然叫道：「喔，我的天……」

整個洞穴都市明亮如白晝，彷彿沐浴在年輕的太陽下。當然，這裡並非眞有什麼太陽。本來應該是天空的地方，充滿著瀰散的明亮光芒。溫暖的空氣濃度適中，還飄來陣陣綠葉的清香。

貝泰說：「哇，杜倫，這裡好漂亮。」

杜倫帶著心虛的歡喜，咧嘴笑了笑。「嗯，貝，這裡和基地當然一切都不一樣，但它卻是赫汶二號最大的城市——你知道嗎，有兩萬居民——你會喜歡上這裡的。只怕此地沒有遊樂宮，但也沒有祕密警察。」

「喔，杜，它簡直像是個玩具城市。放眼望去不是白色就是粉紅——而且好乾淨。」

「是啊——」杜倫陪著她一起瞭望這座城市。建築物大多只有兩層樓高，都是用本地出產的平滑礦石建成。這裡沒有基地常見的尖頂建築，也看不見「舊王國」那種龐大密集的社區房舍——有的只是各具特色的小型住家；在泛銀河的集體生活型態中，表現出當年個人主義的遺風。

此時杜倫突然叫道：「貝——爸爸在那裡！就在那裡——小傻瓜，看我指的那個方向。你看不見他嗎？」

她的確看到了。在她看來，那只是一個高大的身影，正瘋狂地揮著手，五指張開，好像在空氣中猛抓些什麼。不久之後，一陣巨雷般的吼叫聲傳了過來。於是貝泰尾隨著丈夫，衝過一大片密植的草坪。她又看到另一個小個子，那人滿頭白髮，幾乎被身旁高大的獨臂人完全遮住。而那獨臂人仍然揮著手，仍然大聲叫著。

杜倫轉頭喊道：「那是我父親的同父異母兄弟。你知道的，就是到過基地的那位。」

他們四人在草坪上會合，又說又笑亂成一團。最後，杜倫的父親發出一聲興奮的長嘯。然後他拉了拉短上衣，調整了一下鑲有金屬浮雕的皮帶，那是他唯一願意接受的奢侈品。

六年前迫降失事之前，你沒有在任何地方住得夠久，從未達到能夠結婚的法定期限。而你出事後，又有誰要嫁給你呢？」

獨臂老人從椅子上一躍而起，怒氣沖沖地答道：「多得很，你這滿頭白髮的老糊塗……」

杜倫發揮急智，說道：「爸爸，這主要是個法律形式。這樣子會有許多方便。」

「主要是方便了女人。」弗南忿忿不平地說。

「即使如此，」藍度附和道：「仍然應該讓孩子來決定。對基地人而言，婚姻是一種古老的風俗。」

「基地人的作風，不值得老實的行商仿效。」弗南一肚子怨氣。

杜倫又插嘴道：「我的妻子就是基地人。」他輪流看了看父親與叔父，然後悄聲說：「她回來了。」

晚餐後，話題有了很大的轉變。弗南為了替大家助興，講了三個親身的經歷，其中血腥、女人、生意和自誇的比重各佔四分之一。客廳中的小型電視幕一直開著，播出的是一齣古典戲劇，不過音量調得很小，根本沒有人看。現在藍度坐在長椅上，換了一個更舒服的姿勢，他透過長煙斗徐徐冒出的煙，看著跪坐在柔軟的白色皮毛毯上的貝泰。這條皮毛毯是很久以前一次貿易任務中帶回來的，只有在最重要的場合才會鋪起來。

「姑娘，你讀的是歷史？」他以愉快的口氣問貝泰。

貝泰點點頭。「我是個讓師長頭疼的學生，不過終究學到一點皮毛。」

「她拿過獎學金，」杜倫得意洋洋地說，「如此而已！」

「你學到些什麼呢？」藍度隨口追問。

「五花八門，怎麼樣？」女孩哈哈大笑。

老人淡淡一笑。「那麼，你對銀河的現狀有什麼看法？」

「我認爲，」貝泰簡單明瞭地說：「另一個謝頓危機即將來臨——倘若這個危機不在謝頓算計之中，謝頓計畫就失敗了。」

（「唔，」弗南在角落喃喃道：「怎麼可以這樣說謝頓。」不過他並沒有大聲說出來。）

藍度若有所思地吸著煙斗。「是嗎？你爲何這麼說呢？你知道嗎，我年輕的時候去過基地，我自己也曾經有過很富戲劇性的想法。可是，你又是爲何這麼說呢？」

「這個嘛，」貝泰陷入沉思，眼神顯得迷濛。她將裸露的腳趾勾入柔軟的白色皮毛毯中，用豐腴的手掌托著尖尖的下巴。「在我看來，謝頓計畫的主要目的，是要建立一個比銀河帝國更好的新世界。銀河帝國的世界在三個世紀前，也就是謝頓剛剛建立基地的時候，就開始逐漸土崩瓦解——假如歷史的記載屬實，那麼令帝國瓦解的三大弊病，就是惰性、專制，以及天下的財貨分配不均。」

藍度緩緩點著頭，杜倫以充滿驕傲的眼神凝視著妻子，坐在角落的弗南則發出幾聲讚嘆，小心翼翼地幫自己再斟了一杯酒。

貝泰繼續說：「假如關於謝頓的記載都是事實，那麼他的確利用心理史學的定律，預見了帝國全面性的崩潰，又預測到必須經過三萬年的蠻荒期，才能建立一個新的第二帝國，使人類的文化和文明得以復興。而他畢生心血的唯一目的，就是要創造一組適當的條件，以確保銀河文明加速復興。」

弗南低沉的聲音突然響起：「這就是他建立兩個基地的原因，謝頓實在偉大。」

杜倫靠近她，伸出一隻手摀住她的嘴。「爸爸，」他以冷冷的口氣說：「你從來沒有去過基地，你對那裡根本一無所知。我告訴你，那裡的地下組織天不怕地不怕。我還能告訴你，貝泰也是他們的一份子……」

「好了，孩子，你別生氣。怎麼，有什麼好發火的？」弗南眞的心煩氣躁了。

杜倫繼續激動地說：「爸爸，你的問題是眼光太狹隘。你總是認爲，十萬多名行商逃到銀河邊緣一顆無人行星上，他們就算偉大得不得了。當然，基地派來的收稅員，沒有一個能夠離開這裡，但是那只能算匹夫之勇。假如基地派出艦隊，你們又要怎麼辦？」

「我們把他們轟下來。」弗南厲聲答道。

「同時自己也挨轟——而且是以寡敵衆。不論是人數、裝備或組織，你們都比不上基地。一旦基地認爲値得開戰，你們馬上會曉得厲害。所以你們最好盡快開始尋找盟友——最好就在基地裡面找。」

「藍度。」弗南喊道，還像一頭無助的公牛般看著他的兄弟。

藍度將煙斗從口中抽出來。「弗南，孩子說得對。當你捫心自問的時候，你也知道他說得都對。但是這些想法讓人不舒服，所以你才用大聲咆哮把它們驅走。可是它們仍然藏在你心中。杜倫，我馬上會告訴你，我爲什麼把話題扯到這裡。」

他若有所思地猛吸一陣煙，再將煙斗放進煙灰筒的頸部，閃過一道無聲的光芒後，煙斗被吸得乾乾淨淨。他又把煙斗拿起來，用小指慢慢地塡裝煙絲。

他說：「杜倫，你剛才提到基地對我們感興趣，的確是一語中的。基地最近派人來過兩次——都是來收稅的。令人不安的是，第二次來的那批人，還有輕型巡邏艦負責護送。他們改在葛萊爾市降落——有意讓我們措手不及——當然，他們還是有去無回。可是他們勢必還會再來。杜倫，你父親全都心知肚明，他眞的很明白。

「看看這位頑固的浪子。他知道赫汶有了麻煩，他也知道我們束手無策，但是他一直重複自己那套說詞。那套說詞安慰著他，保護著他。等到他把能說的都說完了，該罵的都罵光了，便覺得盡了一個男子漢、一個英勇行商的責任，那個時候，他就變得和我們一樣講理。」

「和誰一樣？」貝泰問道。

藍度對她微微一笑。「貝泰，我們組織了一個小團體——就在我們這個城市。我們還沒有做任何事，甚至尙未試圖聯繫其他城市，但這總是個開始。」

「你們想做什麼？」

藍度搖搖頭。「我們也不知道——還不知道。我們期待奇蹟出現。我們一致同意，如你剛才所說，另一個謝頓危機必須盡快來臨。」他誇張地向上比劃了一下，「銀河中充滿了帝國四分五裂後的碎片，擠滿了伺機而動的將領。你想想看，假如某一位變得足夠勇敢，是否就代表時機來臨了？」

貝泰想了一下，然後堅決地搖了搖頭，末端微捲的直髮隨即在她耳邊打轉。「不，絕無可能。那些帝國的將軍，沒有一個不曉得對基地發動攻擊等於自殺。貝爾．里歐思是帝國最傑出的將軍，而他當年進攻基地，還有整個銀河的資源作爲後盾，卻仍舊無法擊敗謝頓計畫。這個前車之鑑，難道還有哪個將軍不知道嗎？」

「但是如果我們鼓動他們呢？」

「鼓動他們做什麼？叫他們飛蛾撲火？你能用什麼東西鼓動他們？」

12 上尉與市長

對於周遭的豪華陳設與裝潢，漢．普利吉上尉感到無法適應，卻一點也不動心。凡是和他的工作沒有直接關係的事物，他一貫的態度都是不聞不問，這包括自我心理分析，以及各種形式的哲學或形上學。

這種態度很有用。

他幹的這一行，軍部稱之為「情報工作」；內行人稱作「特工」；浪漫主義作家則管它叫「間諜活動」。雖然電視幕播放的那些沒水準的驚險影集，總是為他這一行做不實宣傳，遺憾的是，「情報工作」、「特工」與「間諜活動」頂多只能算是下流的職業，其中背叛與欺騙都是家常便飯。在「國家利益」的大前提下，社會都能諒解這種必要之惡，不過哲學似乎總是讓普利吉上尉得到一項結論：即使頂著「國家利益」的神聖招牌，個人良知卻不像社會良心那麼容易安撫——因此他對哲學敬而遠之。

此時處身於市長的豪華會客室中，他卻不由自主反省起來。

許多同僚能力不如自己，卻早已不停地升官晉級——這點還算可以接受。因為自己經常被長官罵得狗血淋頭，並且屢遭正式懲戒，只差沒有被開除。然而，他始終固執地堅守自己的行事方式，堅信他的抗命也是為了神聖的「國家利益」，而他的苦心終究會得到認同。

因此之故，他今天來到市長的會客室——一旁還站著五名恭恭敬敬的士兵，或許這裡即將召開軍事法庭。

厚重的大理石門靜悄悄地平緩滑開，裡面是幾堵光潤的石牆、一條紅色的高分子地毯，以及另外兩扇鑲嵌著金屬的大理石門。兩名軍官走出來，身上的制服完全是三世紀前的式樣，正面左右各有數條華麗的直線條紋。兩人高聲朗誦道：

「召見情報局上尉漢．普利吉。」

當上尉開始向前走的時候，兩名軍官向後退了幾步，還向他行了一個鞠躬禮。那五名衛兵站在外門等候，由他獨自一人走進內門。

兩扇大理石內門的另一側，是一間寬敞卻出奇單調的房間；在一張巨大而奇形怪狀的辦公桌後面，坐著一個矮小的男子，令人幾乎忽略他的存在。

他就是茵德布爾市長——茵德布爾三世。他的祖父茵德布爾一世，是一個既殘忍又精明能幹的人物。他的殘忍，在攫取權力的方式中發揮得淋漓盡致；他的精明能幹，則在廢止早已名存實亡的自由選舉上表露無遺，而他竟能維持相當和平的統治，更是精明能幹的最佳表現。

茵德布爾三世的父親也叫作茵德布爾，他是基地有史以來第一位世襲市長——但是他只遺傳到父親的一半天賦，那就是殘忍。

所以如今這位基地市長，是第三代的茵德布爾市長，也是第二代的世襲市長。他是三代茵德布爾中最差勁的一位，因爲他既不殘忍又不精明能幹——只能算是一名優秀的記帳員，可惜投錯了胎。

茵德布爾三世是許多古怪性格的奇異組合，這點人盡皆知，只有他自己例外。

對他而言，矯柔做作地喜好各種規矩就是「有系統」，孜孜不倦且興致勃勃地處理雞毛蒜皮的公事就是「勤勉」；該做的事優柔寡斷就是「謹慎」；不該做的事盲目地堅持到底就是「決心」。

此外，他不浪費一點公帑，沒有必要絕不濫殺無辜，而且盡可能與人爲善。

禍精。上尉，你要如何解釋這些指責？」

「市長閣下，我所做的都是我自認正當的事。我的所作所爲都是爲了國家著想，而我曾經因此負傷，正好證明我自認爲正當的事，也同樣有利於國家。」

「上尉，你這是軍人的說法，但也是一種危險的信條。關於這件事，我們等一下再談。特別重要的一點，是你被控三度拒絕接受一項任務，藐視我的法定代表所簽署的命令。這件事你又怎麼說？」

「市長閣下，那件任務並沒有什麼急迫性，眞正最重要的急務卻遭到忽視。」

「啊，是誰告訴你，你說的那些事就是眞正最重要的急務？即使果眞如此，又是誰告訴你它們遭到忽視？」

「市長閣下，在我看來這些事都相當明顯。我的經驗和本行的知識——這兩點連我的上司都無法否定——讓我看得一清二楚。」

「可是，我的好上尉，你自作主張擅自更改情報工作的方針，就等於是侵犯了上級的職權，難道你看不出來嗎？」

「市長閣下，我的首要職責是效忠國家，而不是效忠上級。」

「簡直大錯特錯，你的上級還有上級，那個上級就是我，而我就等於國家。好了，你不該對我的公正有任何怨言，你自己也說這是有口皆碑。現在用你自己的話，解釋一下你之所以違紀的來龍去脈。」

「市長閣下，我的首要職責是效忠國家，而不是到卡爾根那種世界，過著退休商船船員的生活。我所接受的命令，是要我指導基地在該行星所從事的活動，並且建立一個組織，以便就近監視卡爾根的統領，特別是要注意他的對外政策。」

「這些我都知道。繼續說！」

「市長閣下，我的報告一再強調卡爾根和它所控制的星系的戰略地位。我也報告了那個統領的野心，以及他擁有的資源、他想擴張勢力範圍的決心，還提到必須爭取他對基地的友善態度——或者，至少是中立的態度。」

「我一字不漏地讀過你的報告。繼續說！」

「市長閣下，我在兩個月前回到基地。當時，卡爾根沒有任何跡象顯示戰爭迫在眉睫；唯一的跡象是它擁有充足的兵力，足以擊退任何可能的侵略。可是一個月前，一個名不見經傳的福將，卻不費一鎗一彈就拿下卡爾根。卡爾根原來的那個統領，如今顯然已經不在人世。人們並沒有談論什麼叛變，都只是在談論這個傭兵首領——他的超人能力和他的軍事天才——他叫作『騾』。」

「叫作什麼？」市長身子向前探，露出不悅的表情。

「市長閣下，大家都叫他『騾』。有關他的真實底細，人們知道得非常少，但是我盡量蒐集各種有關他的情報，再從中篩檢出最可靠的部分。他顯然出身低微，原本也沒有任何地位。他的生父不詳，母親在生他時難產而死。從小他就四處流浪；在太空中那些被人遺忘的陰暗角落，他學會了生存之道。除了『騾』，他沒有其他的名字。我的情報顯示，這個名字是他自己取的，根據最普遍的解釋，是象徵他過人的體能和倔強固執的個性。」

「上尉，他的軍事力量究竟如何？別再管他的體格了。」

「市長閣下，許多人都說他擁有龐大的艦隊，可是他們會這麼說，也許是受到卡爾根莫名其妙淪陷的影響。他所控制的版圖並不大，但我還無法確定他真正的勢力範圍。無論如何，我們一定要

「市長閣下——」

「上尉，我沒有再問你任何問題。你接受了命令，就該乖乖服從。如果你和我或是代表我的任何人，以任何方式討價還價，都將被視爲叛變。你可以下去了。」

漢．普利吉上尉再度下跪行禮，然後緩緩地一步步倒退著出去。

茵德布爾三世，基地有史以來第二位世襲市長，終於再度恢復平靜。他又從左邊整整齊齊的一疊公文中，拿起最上面的一張。那是一份關於節省警方開支的簽呈，擬議的方法是減少警察制服的發泡金屬滾邊。茵德布爾市長刪掉一個多餘的逗點，改正了一個錯字，又做了三個眉批，再將這份簽呈放在右手邊另一疊整整齊齊的公文之上。接著，他又從左邊整整齊齊的一疊公文中，拿起最上面的一張……

當情報局的漢．普利吉上尉回到營房後，發現已經有個私人信囊在等著他。信囊中的信箋寫著給他的命令，上面斜斜地蓋著一個「最速件」的紅色印章，此外還有一個大大的「特」字浮水印。

這道命令以最強硬的字眼與口氣寫成，命漢．普利吉上尉立刻前往「稱作赫汶的叛亂世界」。

漢．普利吉上尉登上他的單人太空快艇，臉不紅、氣不喘地設定好飛往卡爾根的航道。當天晚上他睡得很安穩，因爲他又堅守了擇善固執的原則。

13 中尉與小丑

騾的軍隊攻陷卡爾根這件事，若說在七千秒差距外造成一些迴響，例如一位老行商的好奇、一名頑固上尉的不安，以及一位神經過敏市長的煩惱——對於身在卡爾根的人們，這個事實卻不曾導致任何變化，也沒有引起任何反應。時間或空間上的距離，會放大某些事件的重要性，這是人類歷史上永恆不變的教訓。話說回來，根據歷史的記載，人類從來沒有眞正學到這個教訓。

卡爾根仍舊是——卡爾根。在銀河系這個象限中，只有卡爾根好像還不知道帝國已經崩潰，斯達涅爾皇朝的統治已經結束，帝國的偉業已經遠去，和平的時代也已經不再。

卡爾根是個充滿享樂的世界。儘管有史以來最龐大的政治結構已土崩瓦解，它卻沒有受到波及，仍然繼續不斷生產歡樂，經營著穩賺不賠的休閒業。

它躲掉了冷酷無情的歷史劫數，因爲無論多麼兇狠的征服者，都不會毀滅或嚴重破壞這樣一棵搖錢樹。

但即使是卡爾根，也終究變成一名軍閥的大本營；這個柔順的世界，被鍛鍊成隨時隨地能夠應戰。

在人工栽培的叢林中、線條柔和的海岸線旁，以及華麗而充滿魅力的城市裡，頓時響起軍隊行進的雄壯節奏，其中有來自其他世界的傭兵，也有徵召入伍的卡爾根國民。卡爾根轄下的各個世界也一一武裝起來，這是有史以來第一次，卡爾根將賄賂的花費省下，挪作購買星際戰艦之用。它的統治者以實際行動向全銀河證明，他決心保衛既有的疆域，並汲汲於攫取他人的領土。

他是銀河中的一位大人物，足以左右戰爭與和平，也足以成爲一個帝國的締造者，一個皇朝的開國皇帝。

不料殺出一個沒沒無聞、卻有著滑稽綽號的人物，輕而易舉就擊敗了他——以及他的軍隊，還有他的短命帝國，甚至可說是不戰而勝。

於是卡爾根又恢復昔日的秩序。國民兵脫下制服，重新擁抱過去的生活；原有的軍隊完成改編，收編了許多其他世界的職業軍人。

就像過去一樣，卡爾根又充滿各種觀光活動。例如叢林中的打獵遊戲，遊客付一筆可觀的代價，即可追獵那些人工飼養、從不害人的動物。如果厭倦了陸上的遊獵，還能坐上高速空中飛車，去獵殺天空中無辜的巨鳥。

各大城市中，充滿著來自銀河各處逃避現實的人群。他們可以根據各自的經濟狀況，選擇適合自己的娛樂活動。從只需要花費半個信用點、老少咸宜的空中宮殿觀光，到絕對隱密、只有大財主才精通門路的聲色場所。

卡爾根的人潮多了杜倫與貝泰兩人，頂多像在大海中注入兩滴雨點。他們將太空船停在「東半島」的大型公共船庫，隨即理所當然地被吸引到「內海」——這裡是中產階級的遊樂區，各種遊樂活動仍然合法，甚至可算是高尚，遊客也不至於令人無法忍受。

由於陽光很強，天氣又熱，貝泰戴著一副黑色太陽眼鏡，穿著一件白色的薄紗袍。她用那雙被曬得發燙、但幾乎沒有曬紅的手臂緊緊抱住雙膝，眼睛則茫然地盯著她的先生，從頭到腳仔細端詳他攤開的身體——在耀眼的陽光照耀下，他的肌膚彷彿也在微微發光。

「可別曬得太久。」她早就警告過他，可是杜倫家鄉的太陽是一顆垂死的紅色星球，儘管他在基地待過三年，陽光對他而言仍是奢侈品。他們來到卡爾根已經四天，杜倫總是先做好防紫外線措施，然後只穿一條短褲來享受日光浴。

貝泰擠到他身邊，兩人依偎在沙灘上輕聲低語。

杜倫臉上的表情十分輕鬆，口中吐出的聲音卻很沮喪。「好吧，我承認我們毫無進展。可是他在哪裡？他到底是什麼人？這個瘋狂的世界完全沒有他的蹤跡，也許他根本不存在。」

「他絕對存在。」貝泰答道，她的嘴唇卻沒有動。「只不過他太聰明了。你叔叔說得對，他是我們可以利用的人——只要還有時間。」

短暫的沉默後，杜倫輕聲說：「貝，你知道我在做什麼嗎？我正在做白日夢，夢見被太陽曬得昏昏沉沉。一切似乎都進行得很順利——很完美。」他的聲音愈來愈小，幾乎細不可聞，然後又逐漸提高音量。「貝，記不記得大學裡的亞曼博士怎麼說的？雖然基地不可能戰敗，但並不代表基地的統治者不會下台。基地的正式歷史，難道不是從塞佛．哈定趕走百科全書編者，以第一任市長的身分接管端點星才開始的嗎？然後又過了一個世紀，侯伯．馬洛掌握大權的方式，難道不也是同樣激進嗎？既然有兩次統治者被擊敗的先例，就代表這是可行的。我們又爲什麼做不到呢？」

「杜，那是書本上老掉牙的說法。你想得太美了，根本是在浪費時間。」

「是嗎？你聽好，赫汶是什麼？難道它不是基地的一部分嗎？假如由我們當家作主，仍然算是基地的勝利，失敗的只是當今的統治者。」

「在『我們能』和『我們會』之間，還有很大的一段距離。你說的只是一堆廢話。」

杜倫蠕動了一下。「貝，小笨蛋，你這是酸葡萄心理。你這樣掃我的興，對你又有什麼好處？如果你不介意，我想要睡一會兒。」

貝泰卻伸長脖子，突然——相當沒來由地——吃吃笑了起來。她還摘下太陽眼鏡，僅用手遮著雖然聽來瘋瘋癲癲，不過你根本不用介意。他們的方言本來就是這樣；對他而言，我們的言語也許一樣奇怪呢。」

她說：「你的問題是什麼？你不是在擔心那個警衛吧？他不會再找你的麻煩了。」

「喔，不是，不是他。他只是一陣微風，只能把一些灰塵吹上我的腳踝。我是在躲避另外一個人，他可是席捲世界的暴風，能將許多世界吹得東倒西歪。一個星期之前，我逃了出來，露宿在城市街頭，混跡在城市的人群中。爲了尋找能幫助我的好心人，我端詳過許多張臉孔。如今我終於找到了。」他把最後這句話又重複了一遍，語氣聽來更溫柔、更急切，大眼睛裡還充滿了不安。「如今我終於找到了。」

「聽好，」貝泰實事求是地說：「我很願意幫助你，可是說句實話，朋友，對於席捲世界的暴風，我也無法提供任何庇護。老實說，我也許能……」

此時，一陣高亢的怒吼聲突然逼近。

「好啊，你這泥巴裡長出來的混蛋——」

朝他們跑來的正是那名海灘警衛，他的臉漲得通紅，嘴巴罵個不停。站定後，他舉起低功率的麻痺鎗。

「你們兩個，抓住他，別讓他跑了。」他粗大的手掌落向小丑細瘦的肩頭，小丑立刻發出一陣哭喊。

杜倫問道：「他到底做了什麼？」

「他到底做了什麼？他到底做了什麼？哈哈，問得好！」警衛將手伸進腰帶上的隨身囊中，掏出一條紫色手帕，擦了擦脖子上的汗珠。然後，他興沖沖地答道：「讓我告訴你他到底做了什麼。

他是一名逃犯。他逃跑的消息傳遍了整個卡爾根，剛才若不是他頭下腳上，我早該認出他來了。」他一面狂笑，一面猛力搖晃他的獵物。

貝泰帶著微笑說：「警官，請問他又是從哪裡逃出來的？」

警衛提高了嗓門。此時附近的人群漸漸靠攏，個個目不轉睛、吱吱喳喳地看著這場好戲。隨著旁觀的人愈來愈多，警衛愈來愈感到自己的重要性。

「他又是從哪裡逃出來的？」他以充滿嘲諷的口氣，慷慨激昂地說：「哈哈，我想你們一定聽說過騾吧。」

所有的吱喳聲頓時消失，貝泰感到胃部突然冒出一絲寒氣。小丑仍被警衛結結實實地抓住，他不停地發抖──眼睛卻始終停駐在貝泰身上。

「你可知道，」警衛繼續兇巴巴地說：「這個可惡的雜碎是誰？他就是大人的弄臣，是前幾天從宮中逃走的。」他又用力搖晃著小丑，「傻子，你承不承認？」

小丑沒有回答，只是臉色更加蒼白。貝泰靠在杜倫身邊，跟他耳語了幾句。

杜倫客客氣氣地走近警衛。「老兄，請你把手拿開一下子就好。你抓著的這個藝人收了我們的錢，正在為我們表演舞蹈，還沒有表演完呢。」

「對了！」警衛陡然提高音量，好像突然想到什麼。「還有賞金──」

「你可以去領賞，只要你能證明他就是你要找的人。在此之前，請你把手鬆開。你可知道你正在干擾遊客，這會讓你吃不了兜著走。」

「你卻是在干擾大人的公事，這一定會讓你吃不了兜著走。」他再度搖晃那個小丑，「死東西，把錢還給人家。」

杜倫突然以迅雷不及掩耳的動作，一把奪下警衛手中的麻痺鎗，差點還把警衛的半根手指一塊扯下來。又痛又怒的警衛發出一陣狂哮。杜倫又猛力推了他一把，小丑終於脫身，趕緊躲到杜倫背後。

看熱鬧的群衆現在已經人山人海，卻沒有什麼人注意到這個最新發展。外圈有不少人引頸而望，內圈許多人卻開始向外擠，像是決心與中心保持更安全的距離。

遠方突然又起了一陣騷動，隨即傳來一聲刺耳的號令。群衆趕緊讓出一條路，兩名士兵大搖大擺走了過來，手中的電鞭彷彿蓄勢待發。他們的紫色軍服上繡著一道尖銳的閃電，下方還有一顆裂成兩半的行星。

走在兩人後面的，是一位身穿中尉制服的軍官；體格魁梧，黑皮膚，黑頭髮，臉色極爲陰沉。黑人中尉的聲音溫和得很虛假，代表他根本不必大吼大叫以壯聲勢。他說：「你就是那個通知我們的人？」

警衛仍然緊握著扭傷的手，臉孔因痛苦而扭曲。他含糊地答道：「閣下，賞金是我的，我還要指控那個人……」

「你會得到賞金的。」中尉答道，卻根本沒有望著警衛。他對手下隨便做個手勢。「把他帶走。」

杜倫感覺到小丑死命扯著他的袍子。

於是他提高嗓門，並且盡力不讓聲音發抖，說道：「很抱歉，中尉，這個人是我的。」

兩名士兵把杜倫的話當耳邊風，其中一個已經順手舉起鞭子。中尉立時大喝一聲，鞭子才放了下來。

中尉黝黑而粗壯的身軀向前移動，峙立在杜倫面前。「你是什麼人？」

杜倫不假思索便答道：「基地的公民。」

這句話立刻生效——至少在群衆間引起了震撼。勉強維持的沉默立時打破，周遭又充滿了嘈雜聲。騾的名字或許能引起畏懼，但那畢竟是一個新的名號，不像「基地」的老招牌那樣深入人心且令人敬畏。基地過去曾經擊敗帝國，如今則以殘酷的專制手段，統治著銀河系的四分之一。

中尉卻面不改色，他說：「躲在你後面的那個人，你知道他的身分嗎？」

「聽說他是從貴國領導者的宮廷中逃出來的，但我只能肯定他是我的朋友。你想帶他走，必須提出堅實的證據。」

人群中發出了高亢的嘆息聲，可是中尉毫不理會。「你帶著基地公民的證件嗎？」

「在我的太空船上。」

「你可瞭解你的行爲已經違法？我能當場把你鎗斃。」

「這點毫無疑問。但如果你殺死一名基地公民，你們的統領很可能會把你大卸八塊，然後才送去基地，當作賠罪的一部分。其他世界的統領就這麼做過。」

中尉舔了舔嘴唇。因爲杜倫說的都是事實。

他又問：「你叫什麼名字？」

杜倫卻得理不饒人。「回到我的太空船後，我才願意回答其他的問題。你可以在船庫中查到我們的隔間號碼，登記的名稱是**貝泰號**。」

「你不肯把這個逃犯交給我嗎？」

「或許我會交給騾。叫你的主子來吧！」

他們的對話已經逐漸變成耳語，不久，中尉陡然一轉身。

「驅散群衆！」他對兩名手下說，口氣聽來並不兇殘。

兩條電鞭高起高落。立刻傳來一陣尖叫聲，衆人爭先恐後作鳥獸散。

在他們乘坐短程飛船，從海灘回到船庫的途中，杜倫一直低頭沉思。他總共只開了一次口，卻幾乎是在自言自語：「銀河啊，貝，剛才實在太驚險了！我好害怕……」

「是啊，」她的聲音帶著顫抖，雙眼依然流露出近乎崇拜的目光。「看不出來你那麼勇敢。」

「可是，我還是不清楚發生了什麼事。我突然發現手中多了一柄痲痺鎗，甚至不確定自己會不會用，而我卻跟他對答如流。我也不曉得自己爲何這樣做。」

他抬頭看了看飛船走道對面的座位，騾的小丑正縮成一團呼呼大睡。他又以苦澀的口氣補充道：「我從來沒有做過這麼困難的事。」

中尉恭敬地站在駐軍團長面前，團長望著他說：「幹得很好，你的任務完成了。」

中尉並沒有立刻離去。他以沉重的口氣說：「報告長官，騾在衆人面前丟了臉。我們需要進行一些懲戒行動，以挽回世人的尊重。」

「補救措施都已經做過了。」

中尉剛要轉身，又以近乎憤慨的口吻說：「長官，命令就是命令，我必須服從。可是站在一個手持痲痺鎗的人面前，對他的無禮態度忍氣吞聲，我從來沒有做過這麼困難的事。」

14 突變異種

卡爾根的「船庫」是一種特殊的機構；爲了安置無數觀光客駕來的太空船，並提供太空船主人住宿的場所，這種船庫應運而生。最早想到這個解決之道的聰明人，很快就變成大富翁。而他的子孫以及事業的接班人，則輕易躋身卡爾根的首富之列。

船庫通常佔地數平方哩之廣，而「船庫」根本不足以形容它的功能。實際上，它就是太空船的旅館。船主只要先付清費用，便能得到一個停泊太空船的場所，並能隨時就地直接升空。乘客可以如常地住在太空船中。船庫並提供普通旅館的一切服務，例如各式食物與醫療補給都價廉物美，此外還負責爲太空船做簡單的維修，並安排卡爾根境內的廉價交通服務。

因此，觀光客只要支付船庫的費用，就能同時享受旅館的服務，無形中節省一大筆開銷。船庫的東家光靠出租空地，便能獲得很大的利潤；政府也能從中抽取巨額稅金。人人皆大歡喜，誰也不吃虧。就這麼簡單！

在某個船庫裡、連接許多側翼的寬大迴廊中，一名男子正沿著陰暗的邊緣向前走。他以前也曾思考過這種船庫的新奇與實用性，不過那些只是無聊時隨便想想的念頭——這個節骨眼絕對不合時宜。

在劃分得整整齊齊的隔間中，停駐著一艘艘又高又大的太空船。那人一排排走過去，都沒有再看第二眼。現在進行的工作是他最拿手的——若說根據剛才在登記處所做的調查，他只查到目標位於某個停了好幾百艘太空船的側翼，此外沒有更詳細的資料——專業知識足以幫助他，從數百艘太空船中過濾出眞正的目標。

他終於停下腳步，消失在其中一排隔間中，而在肅靜的船庫裡，好像傳出一聲嘆息。他彷彿是處身於無數金屬巨獸間的一隻昆蟲，一點也不起眼。

有些太空船從舷窗中透出光亮，代表船主人已經提早歸來。他們結束了當天既定的觀光活動，開始了更單純、更私密的娛樂。

那人停了下來，假使他懂得微笑，現在一定會露出笑容。當然，他大腦中「腦回」目前的運作，就等於是正在微笑。

他面前的這艘太空船，船身反映著耀眼的金屬光澤，並且顯然速度快絕。這種特殊的造型，正是他所要尋找的。它的造型不同於一般的太空船——雖然這些年來，在銀河系這個象限中大多數的太空船，若不是仿照基地的型式設計，就是由基地技師所製造的。可是這艘船十分特別，它是貨眞價實的基地太空船——船身表面許多微小的凸起，是基地太空船特有的防護幕發射器。此外，還有其他一些如假包換的特徵。

那人一點也沒有猶豫。

船庫經營者爲順應客戶的要求，在每艘太空船的周圍加設了電子柵欄，以保障客戶的隱私，不過這種東西絕對難不倒他。他利用隨身攜帶的一種非常特殊的中和力場，便輕而易舉將柵欄解除，根本沒有觸動警鈴。

直到入侵者的手掌按到主氣閘旁的光電管，太空船起居艙中的蜂鳴器才響起了一陣輕微的訊號，算是這艘太空船發出的第一個警告。

當那人繼續搜索行動之際，杜倫與貝泰正在**貝泰號**的裝甲艙房中，體驗著最不安全的安全感。驟的那位小丑則趴在餐桌上，狼吞虎嚥著面前的食物。這時小丑已經告訴他們，雖然他的身材瘦弱不堪，卻擁有一個極氣派的名字：高頭大馬巨擘。

在廚艙兼食物儲藏室裡，他一直沒有讓那雙憂鬱的褐色眼睛離開過食物，只有在貝泰走動的時候，才會抬起頭來看看她。

「一個弱者的感激實在微不足道，」他喃喃地說：「但我仍要獻給您。說眞的，過去一個星期，幾乎沒有什麼東西進到我的肚子——儘管我的個頭小，胃口卻大得簡直不成比例。」

「那麼，就好好吃吧！」貝泰帶著微笑說：「別浪費時間說謝謝了。銀河核心有一句關於感激的諺語，我記得曾經聽說過，有沒有？」

「我親愛的女士，的確有這麼一句話。我聽說，有一位賢者曾經講過：『不流於空談的感激，才是最好而且最實際的。』可是啊，我親愛的女士，我似乎除了會耍耍嘴皮子，其他什麼都不會。當我的空談取悅了騾，就爲我贏得一件宮廷禮服，還有這個威武的名字——因爲，您可知道，我本來只是叫作波波，他卻不喜歡這個名字。然而，一旦我的空談無法取悅他，可憐的皮肉就會挨揍和挨鞭子。」

杜倫從駕駛艙走了進來。「貝，現在除了等待，我們什麼也不能做。我希望騾能夠瞭解，基地的航具就等於基地的領土。」

本來叫作波波，如今全名「高頭大馬巨擘」的馬巨擘，這時突然張大眼睛，高聲喊道：「基地可眞是了不起，就連騾的那些兇殘手下，面對基地也會顫慄。」

「你也聽說過基地嗎？」貝泰帶著一絲笑意問道。

「誰沒聽說過呢？」馬巨擘壓低聲音，神祕兮兮地說：「有人說，那是個充滿魔術的偉大世界，有著足以吞噬行星的火焰，以及神祕的強大力量。大家都說，某人只要聲稱『我是基地公民』，那麼不論他是太空中的窮礦工也好，是像我這般微不足道的小人物也罷，都會讓人立刻肅然起敬。即使銀河中最尊貴的貴族，也無法贏得這般的光榮和尊敬。」

貝泰說：「好啦，馬巨擘，如果你繼續演講，就永遠吃不完這一餐。來，我幫你拿一點調味奶，很好喝的。」

她拿了一壺牛奶放到餐桌上，並示意杜倫到另一間艙房。

「杜，我們現在要拿他怎麼辦？」她指了指廚艙。

「你是什麼意思？」

「萬一騾來了，我們要不要把他交出去？」

「這個嘛，貝，還有別的辦法嗎？」他的口氣聽來很煩惱。他將一束垂在前額的潮濕捲髮撥開，這個動作更能證明他的確心煩氣躁。

他不耐煩地繼續說：「在我來到此地之前，我只有一個很模糊的概念：我們唯一要做的就是打聽騾的消息，然後就可以好好度假——如此而已，你知道嗎，根本沒有明確的計畫。」

「杜，我知道你的意思。我自己也沒有奢望能看到騾，可是我的確認爲，我們可以蒐集到某些第一手資料，再轉給比較瞭解星際現勢的人。我可不是故事書中的間諜。」

「貝，這點你可不輸我。」他將雙臂交握胸前，皺起了眉頭。「眞是一團糟！若不是最後那個詭異的機會，還不能確定有沒有騾這號人物呢。你認爲他會來要回這個小丑嗎？」

貝泰抬起頭來望著他。「我不知道我是不是希望他會來，也不知道該說些什麼或做些什麼。你呢？」

艙內的蜂鳴器突然發出斷斷續續的隆隆聲。貝泰做了一個無聲的嘴形：「騾！」。

馬巨擘正在門口，眼睛張得老大，嗚咽著說：「騾？」

杜倫喃喃道：「我必須讓他們進來。」

他按下開關開啓氣閘，讓對方走進來，並且立刻關上外門。這時，掃瞄儀上只顯示出一個灰暗的身影。

「只有一個人。」杜倫顯得放心了一點。然後他俯身對著傳聲管，用幾乎發顫的聲音說：「你是誰？」

「你最好讓我進去，自己看個明白如何？」收訊器中傳來那人的回答，聲音十分微弱。

「我要告訴你，這是基地的太空船，根據國際公約，它是基地領土的一部分。」

「這點我知道。」

「放下你的武器再進來，否則我就開鎗。我可是全副武裝。」

「好！」

杜倫打開內門，同時開啓了手銃的保險，拇指輕輕擺在掣鈕上。隨即傳來一陣腳步聲，接著艙門就被推開。馬巨擘突然叫道：「不是騾，是一個人。」

那個「人」向小丑一欠身，以陰沉的口氣說：「非常正確，我不是騾。」他攤開雙手，「我沒有帶武器，我是來執行一項和平任務。你可以放輕鬆點，把你的手銃擺到一旁。我心平氣和，你卻連武器都抓不穩。」

「你究竟是誰？」杜倫直截了當地問。

「這個問題應該我來問你。」那人泰然自若地說：「因爲假冒身分的人是你，不是我。」

「怎麼說？」

「你自稱是基地公民，可是如今在這顆行星上，根本沒有一個合法的行商。」

「這不是事實。你又是怎麼知道的？」

「因爲我才是基地公民，而且我有證明文件。你呢？」

「我想，你最好趕緊滾出去。」

「我可不這麼想。假如你知道基地的行事方式——雖然你是個冒牌貨，但我想你可能也知道——倘若我在約定時間內，沒有活著回到我的太空船，離這裡最近的基地司令部就會收到訊號。所以說句老實話，我懷疑你的武器有多大用處。」

杜倫不知如何是好，一陣沉默之後，貝泰以鎮定的口吻說：「杜倫，把手銃拿開，相信他一次。他的話聽來都是事實。」

「謝謝你。」陌生人說。

杜倫把手銃放到身旁的椅子上。「請你好好解釋一下這一切。」

陌生人仍然站在原處。他的身材高大，手長腳長。他的臉孔由許多緊繃的平面構成，而且看起來，他顯然從未露出過笑容。不過他的眼神並不凌厲。

他說：「消息總是傳得很快，尤其是那些看來難以置信的消息。我想現在卡爾根沒有一個人不知道，騾的手下今天被兩名基地觀光客羞辱了一番。而我在傍晚前，就獲悉了重要的詳情。正如我所說，這顆行星上除了我，再也沒有其他的基地觀光客。我們對這些事都非常清楚。」

「『我們』又是哪些人？」

「『我們』就是——『我們』！我自己是其中之一！我知道你們會回到船庫——有人偷聽到你們的談話。我自有辦法查看登記處的資料，也自有辦法找到你們的太空船。」

他突然轉身面向貝泰。「你是基地人——土生土長，對不對？」

「是嗎？」

「你早已加入民主反動派——就是所謂的『地下組織』。我不記得你的名字，但我記得你的容貌。你是最近才離開基地的——倘若地位更重要些，你根本就走不了。」

貝泰聳聳肩。「你知道的還眞不少。」

「沒錯。你是跟一名男子一塊逃走的，就是那位？」

「難道我還需要回答嗎？」

「不需要。我只是希望彼此好好瞭解一番。你匆匆離境的那個星期，我確信你們約定的暗語是『謝頓，哈定，自由』。波菲萊特．哈特是你的小組長。」

「你是怎麼知道的？」貝泰突然兇起來，「警察逮捕他了嗎？」杜倫拉住她，她卻掙脫了，反倒向那人逼進。

那基地人沉穩地說：「沒有人抓他，只是因爲地下組織分佈甚廣又無孔不入。我是情報局的漢．普利吉上尉，是一個小組長——不用管是什麼小組。」

他等了一會兒，又繼續說：「不，你大可不必相信我。幹我們這行的，凡事最好能在不疑處有疑，不能在有疑處不疑。不過，開場白最好到此爲止。」

「沒錯，」杜倫說：「請你言歸正傳。」

「我可以坐下嗎？謝謝。」普利吉上尉坐了下來，翹起長長的左腿，還把一隻手臂垂到椅背後面來回搖晃。「首先我要做一項聲明，我實在不曉得這到底是怎麼回事——從你們的角度而言。你們兩位不是直接從基地來的，可是不難猜到，你們來自某個獨立行商世界。這點，其實我並不怎麼關心。但出於好奇，請問你們準備拿這個傢伙——你們救出來的這個小丑怎麼辦？你們留著他，等於在拿生命開玩笑。」

「這點無可奉告。」

「嗯——嗯。好吧，我並沒有指望你們會說。但你們若是在等著騾親自前來，還以爲會有號角、鑼鼓、電子琴組成的大樂隊爲他開道——放心吧！騾不會那麼做的。」

「什麼？」杜倫與貝泰異口同聲喊道，而馬巨擘躲在艙房一角，耳朵幾乎豎了起來。突然間，他們三人又驚又喜。

「沒錯。我自己也在試圖跟他接觸，而我所用的方法，要比你們兩位玩票的完善得多。可是我也沒有成功。這個人根本不露面，也不允許任何人爲他攝影或擬像；只有最親近的親信，才能見到他本人。」

「上尉，這就能解釋你爲何對我們有興趣嗎？」杜倫問道。

「不，那個小丑才是關鍵。見過騾的人少之又少，小丑卻是其中之一。所以我想要他。他也許就是我所需要的佐證——銀河在上，我必須找點東西來喚醒基地。」

「基地需要喚醒嗎？」貝泰突然以嚴厲的口吻，插嘴問道：「爲了什麼？你這個警鐘到底是爲誰敲響的——反叛的民主份子？或是祕密警察和煽動者？」

上尉緊緊皺起眉頭。「女革命家，等到整個基地受到威脅的時候，民主份子和暴君都會被消滅。讓我們先聯合基地的暴君，打敗那個更大的暴君，然後再把他們推翻。」

「你所說的更大的暴君是什麼人？」貝泰氣沖沖地問。

「就是騾！我對他的底細知道一些，因此若非我機警過人，早就不知道死了多少次。叫小丑到別的房間去，我需要單獨跟你們談談。」

「馬巨擘。」貝泰一面喊，一面做個手勢，小丑便不聲不響離開了。

於是上尉開始他的陳述，口氣既嚴肅又激動。他將聲音盡量壓低，杜倫與貝泰必須靠得很近。

他說：「騾是一個精明至極的人物——他不可能不知道，個人領導能夠產生多大的魅力和魔力。既然他放棄這樣做，那想必是有原因。而那個原因一定是，和人群直接接觸會洩露絕對不能洩露的重大祕密。」

他做了一個不要發問的手勢，用更快的速度繼續說：「爲了追查這個祕密，我走訪了他的出生地，在那裡詢問過一些人。對這件事略有所知的人，只有少數幾個還活著，不過也活不了多久了。他們記得那個嬰兒是在三十年前出生的——他的母親難產而死，還有他幼年的種種奇事。騾根本不是人類！」

聽到這句話的兩個人，被其中模糊的含意嚇得倒退一步。這句話到底是什麼意思，他們兩人並不瞭解，卻都能肯定其中的威脅性。

上尉繼續說：「他是一個突變種，而根據他後來的成就，顯然是極成功的突變種。我不知道他有多大能耐，也不確定他和驚險影集中所謂的『超人』究竟相差多少。但是他從無名小卒變成如今的卡爾根統領，前後只花了兩年的時間，這就足以說明一切。你們看不出其中的危險性嗎？這種無法預料的生物基因突變，也會包括在謝頓計畫之中嗎？」

貝泰緩緩答道：「我不相信有這種事，這只是一種高明的騙術。假如騾眞是超人，他的手下爲什麼不當場殺掉我們？」

「我已經告訴過你們，我不知道他的突變究竟到了什麼程度。他也許尚未準備好對付基地，目提出抗議，指責基地派人綁架他的一名廷臣。緊接著，播報員便開始報導體育新聞。

普利吉上尉用冷淡的口氣說：「他畢竟搶先了我們一步。」，然後，他又若有所思地補充道：「他已經做好對付基地的準備，正好利用這件事當作藉口。這會使我們的處境更加困難。雖然尚未眞正準備好，我們將被迫提早行動。」

15 心理學家

基地中最自由的生活方式，莫過於從事所謂「純科學」研究，這個事實其來有自。過去一個半世紀中，基地雖然獲取了大量的有形資源，不過想要在銀河系稱霸，甚至即使僅僅爲了生存，基地仰賴的仍是高人一等的優越科技。因此，「科學家」擁有不少特權。基地需要他們，他們也明白這一點。

而在基地所有的「純科學」工作者中，艾布林．米斯——只有不認識他的人，才會在他的名字後面加上頭銜——他的生活方式又比其他人更自由，這個事實同樣其來有自。在這個份外尊重科學的世界，他就是「科學家」——這是個堂皇而嚴肅的職業。基地需要他，他自己也明白這一點。

因此之故，當其他人對市長下跪行禮時，他不但拒絕從命，並且還大聲疾呼：祖先們當年從來不對任何混蛋市長屈膝。而且在那個時代，市長無論如何也是民選的，隨時可以叫他們滾蛋。他還常常強調，生來就能繼承的東西其實只有一樣，那就是先天性白癡。

同樣的道理，當艾布林．米斯決定要讓茵德布爾召見他的時候，他並未依循正式的覲見申請手續，將申請書一級級向上呈遞，再靜候市長的恩准一級級發下來。他只是從僅有的兩件披風中，挑出比較不邋遢的那件披在肩上，再將一頂式樣古怪至極的帽子歪戴在腦袋一側。他還啣著一根市長絕對禁止的雪茄，毫不理會兩名警衛的呵斥，就大搖大擺地闖進市長的官邸。

市長當時正在花園裡，突然聽到愈來愈近的喧擾，不但有警告制止的吼叫聲，還有含糊不清的粗聲咒罵，他才知道有人闖了進來。

茵德布爾緩緩放下手中的小鏟子，緩緩站起身來，又緩緩皺起眉頭。在日理萬機之餘，茵德布話短說。」

艾布林．米斯卻不慌不忙地說：「你知道我最近在做些什麼？」

「你的報告就在我手邊，」市長得意洋洋地答道：「並附有專人爲我做的正式摘要。據我所知，你正在研究心理史學的數學結構，希望能夠重新導出哈里．謝頓的發現；最終的目標，是要爲基地描繪出未來歷史的既定軌跡。」

「正是如此。」米斯淡淡地說：「謝頓當初建立基地的時候，他想得很周到，沒有讓心理學家跟著其他科學家一塊來——所以基地一直盲目地循著歷史的必然軌跡發展。在我的研究過程中，我大量採用了時光穹窿中發現的線索。」

「米斯，這點我也知道。你重複這些只是在浪費時間。」

「我不是在重複什麼，」米斯尖聲吼道：「因爲我要告訴你的，全都不在那些報告裡面。」

「不在報告裡面，你這話是什麼意思？」茵德布爾傻愣愣地說：「怎麼可能……」

「銀——河呀！可否讓我用自己的方式說完，你這討人厭的小東西。別再拚命打岔，也別再質疑我說的每一句話，否則我馬上離開這裡，讓你身邊的一切自生自滅。記住，你這個×××的傻瓜，基地必定能度過難關，可是如果我掉頭就走——你就過不了關。」

米斯把帽子摔在地板上，黏在上面的土塊立刻四散紛飛。然後他猛然跳上大辦公桌所在的石台，把桌上的文件胡亂掃開，一屁股坐上桌面的一角。

茵德布爾六神無主，不知道是該召警衛進來，還是要拔出藏在桌內的手銃。但是米斯正由上而下狠狠瞪著他，他唯一能做的只有畏畏縮縮地陪著笑臉。

「米斯博士，」他用比較正式的口氣說：「您得……」

「給我閉嘴，」米斯兇巴巴地說：「好好聽著。如果這些東西，」他的手掌重重打在金屬卷宗上，「就是我的那些報告──馬上給我丟掉。我寫的任何報告，都要經過二十幾個官吏一級級向上呈遞，才能送到你這裡；然後你的任何批示，又要經過二十幾手才能發下來。如果你根本不想保密，這樣做倒沒有什麼關係。不過，我這裡的東西卻是機密。它是絕對機密，即使我的那些助手，也不清楚葫蘆裡究竟是什麼藥。當然，研究工作大多是他們做的，但是每個人只負責互不相干的一小部分──最後才由我把結果拼湊起來。你知道時光穹窿是什麼嗎？」

茵德布爾點點頭，但是米斯愈來愈得意，高聲吼道：「沒關係，反正我要告訴你，因爲我想像這個×××的機會，已經想了跟銀河呀一樣久了。我能看透你的心思，你這個小騙子。你的手正放在一個按鈕旁，隨時能叫來五百多名武裝警衛把我幹掉，但你又在擔心我所知道的事──你在擔心謝頓危機。我還要告訴你，如果你碰碰桌上任何東西，在任何人進來之前，我會先把你×××的腦袋摘下來。你的爸爸是個土匪，你的爺爺是個強盜，基地被你們一家人吸血吸得太久了。」

「你這是叛變。」茵德布爾含糊地吐出一句話。

「顯然沒錯，」米斯志得意滿地答道：「可是你要拿我怎麼辦？讓我來告訴你有關時光穹窿的一切。時光穹窿是哈里．謝頓當年建造的，目的是爲了幫助我們度過難關。對於每一個危機，謝頓都準備了一段錄像來現身說法──並解釋危機的意義。目前爲止，基地總共經歷過四次危機──謝頓也出現過四次。第一次，他出現在危機的最高峰。第二次他出現的時候，是危機剛剛圓滿解決之際。這兩次，我們的祖先都在那裡觀看他的演說。然而第三和第四次危機來臨時，他卻被忽略了，也許是因爲根本不需要他，可是我最近的研究顯示──你手中的報告完全沒有提到這些──謝頓還是曾經現身，而且時機都正確。懂了嗎？」

米斯並非等待市長做任何回答。他手中的雪茄早就爛成一團，現在他終於把它丟掉，又摸出了一根點上，開始大口大口地吞雲吐霧。

他繼續說：「官方說法，我的工作是試圖重建心理史學這門科學。不過，任何人都無法單獨完成這項工作，而一個世紀內無論如何也不可能成功。但我在比較簡單的環節上有些突破，利用這些成績，我有了接觸時光穹窿的藉口。我真正研究出來的結果，包括相當準確地推測哈里．謝頓下次出現的正確日期。我可以告訴你那個日子，換句話說，就是下一個謝頓危機——第五個危機升到頂點的時間。」

「距離現在還有多久？」茵德布爾緊張兮兮地追問。

米斯以輕鬆愉快又輕描淡寫的口氣，引爆了他帶來的這顆炸彈。「四個月，」他說：「×××的四個月，還要減兩天。」

「四個月，」茵德布爾不再裝腔作勢，激動萬分地說：「不可能。」

「不可能？我可以發×××的誓。」

「四個月？你可瞭解這代表什麼嗎？假如四個月後危機即將爆發，就代表它已經醞釀有好幾年了。」

「有何不可？難道有哪條自然法則，規定危機必須在光天化日下醞釀嗎？」

「可是沒有任何徵兆，沒有任何迫在眉睫的事件。」茵德布爾急得幾乎把手都擰斷了。突然間，他無端恢復了兇狠的氣勢，尖聲叫道：「請你爬下桌子去，讓我把桌面收拾整齊好不好？這樣子叫我怎麼能思考？」

這句話把米斯嚇了一跳，他將龐大的身軀移開桌面，站到一旁去。

茵德布爾趕緊將所有的東西歸回原位，然後流利地說：「你沒有權利這樣隨隨便便就進來。假使你先提出你的理論……」

「這絕不是理論。」

「我說是理論就是理論。假使你先提出你的理論，並且附上證據和論述，按照規定的格式整理好，它就會被送到歷史科學局去。那裡自有專人負責處理，再將分析的結果呈遞給我，然後，當然，我們就會採取適當的措施。如今你這麼亂來，唯一的結果只是令我煩心。啊，在這裡。」

他抓起一張透明的銀紙，在肥胖的心理學家面前來回搖晃。

「這是每週的外交事務摘要，是我爲自己準備的。聽著——我們已經和莫爾斯完成貿易條約的磋商；將要繼續和里歐尼斯進行相同的磋商；派遣代表團去龐第參加一個什麼慶典；從卡爾根收到一個什麼抗議，我們已經答應加以研究；向阿斯波達抗議他們的貿易政策過於嚴苛，他們也答應會加以研究——等等，等等。」市長的目光聚焦在目錄上，然後他小心翼翼地舉起那張銀紙，放回正確的文件格內正確的卷宗裡的正確位置。

「米斯，我告訴你，放眼銀河，沒有一處不是充滿秩序與和平……」

此時，簡直就是無巧不成書，遠處的一扇門突然打開，一名衣著樸素的官員隨即走進來。

茵德布爾起身的動作在半途僵住。最近發生了太多意料不到的事，令他感到暈頭轉向，彷彿做夢一般。先有米斯硬闖進來，跟他大吵大鬧好一陣子，現在他的祕書竟然又一聲不響就走過來，這個舉動實在太不合宜，祕書至少應該懂得規矩。

祕書單膝跪下。

茵德布爾用尖銳的聲音說：「怎麼樣！」

祕書低著頭，面對著地板報告。「市長閣下，情報局的漢．普利吉上尉從卡爾根回來了。由於他違抗了您的命令，根據您早先的指示──市長手令第二〇．五一三號──已經將他收押，等待發監執行。跟他一起來的人也已被扣留和查問，完整的報告已經呈遞。」

茵德布爾惱怒不堪地說：「完整的報告已經收到。怎麼樣！」

「市長閣下，在普利吉上尉的口供中，約略提到卡爾根新統領的危險陰謀。根據您早先的指示──市長手令第二〇．六五一號──不得為他舉行正式的聽證會。不過他的口供都做成了筆錄，完整的報告已經呈遞。」

茵德布爾聲嘶力竭地吼道：「完整的報告已經收到。怎麼樣！」

「市長閣下，在一刻鐘之前，我們收到來自沙林邊境的報告。數艘確定國籍的卡爾根船艦，已強行闖入基地領域。那些船艦都有武裝，已經打起來了。」

祕書的頭愈垂愈低。茵德布爾繼續站在那裡。艾布林．米斯甩了甩頭，然後一步步走近祕書，並猛拍他的肩膀。

「喂，你最好叫他們趕快釋放那位普利吉上尉，然後把他送到這裡。趕快去。」

祕書隨即離去，米斯又轉向市長。「茵德布爾，你的政府是不是該動起來了？四個月，你知道了吧。」

茵德布爾仍然目光呆滯地站在那裡。他似乎只剩下一根手指還活著──在他面前光滑的桌面上，那根手指飛快地畫著一個又一個三角形。

16　大會

二十七個獨立行商世界，基於對基地母星不信任的唯一共識，決定團結起來組成一個聯盟。這些行商世界，個個具有夜郎自大的心態，以及井底之蛙的頑固，並且由於常年涉險而充滿暴戾之氣。他們在舉行首次大會之前，曾經做過許多先期磋商與交涉，目的是解決一個連最有耐心的人都會被煩死的小問題。

這個小問題並非大會的技術細節，例如投票的方式、代表的產生──究竟是以世界計或以人口計，那些問題牽涉到重要的政治因素。它也不是關於代表的座次，無論是會議桌或餐桌，那些問題牽涉到重要的社會因素。

這個小問題其實是開會的地點，因爲那才是最具地方色彩的問題。經過了迂迴曲折的外交談判，終於選定拉多爾這個世界。在磋商開始的時候，有些新聞評論員已經猜到這個結果，因爲拉多爾位置適中，是最合乎邏輯的選擇。

拉多爾是個很小的世界──就軍事潛力而言，可能也是二十七個世界中最弱的。不過，這也是它合乎邏輯的另一個原因。

它是一個帶狀世界──這種行星在銀河系十分普遍，但適合住人的卻少之又少，因爲難得有恰到好處的自然條件。所謂帶狀世界的行星，是指它的兩個半球處於兩種極端溫度，生命只可能存在於環狀的過渡地帶。

從未接觸過這個世界的人，照例會認爲它沒有什麼吸引力。其實它上面有好些極具價值的地點──拉多爾市就是其中之一。

這個城市沿著山麓的緩坡展開。附近幾座嵯峨崎嶇的高山，阻擋了山後低溫半球的酷寒冰雪，並爲城市提供所需的用水。常年被太陽炙曬的另一半球，則爲它送來溫暖乾燥的空氣。處於這兩個半球之間，拉多爾市成爲一座常綠的花園，全年沐浴在六月天的清晨。

每幢房舍四周都有露天花園。園中長滿珍貴的奇花異草，全部以人工加速栽培，以便爲當地人換取大量的外匯。如今，拉多爾幾乎變成一個農業世界，而不再是典型的行商世界。

因此，在這個窮山惡水的行星上，拉多爾市是個小小的世外桃源。這一點，也是它被選爲開會地點的原因。

來自其他二十六個行商世界的會議代表、眷屬、祕書、新聞記者、船艦與船員，令拉多爾的人口幾乎暴漲一倍，各種資源也幾乎被消耗殆盡。大家盡情吃喝，盡情玩樂，根本沒有人想睡覺。

但在這些吃喝玩樂的人群中，只有極少數人懵懵懂懂，不知道戰火已經悄悄蔓延整個銀河系。而在那些瞭解局勢的大多數人當中，又可再細分爲三大類。其中第一類佔大多數，他們知道得很少，可是信心十足。

例如那位帽釦上鑲著「赫汶」字樣的太空船駕駛員。他正把玻璃杯舉到眼前，透過杯子望著對面淺淺微笑的拉多爾女郎，同時說道：

「我們直接穿越戰區來到這裡——故意的。經過侯里哥的時候，我們關閉發動機，飛行了大約一『光分』的距離……」

「侯里哥？」一名長腿的本地人插嘴問道，這次聚會就是由他作東。「就是上星期，騾被打得屁滾尿流的地方，對不對？」

「你從哪裡聽說騾被打得屁滾尿流？」駕駛員高傲地反問。

「基地的廣播。」

「是嗎？亂講，是騾打下了侯里哥。我們幾乎撞到他的一艘護航艦，他們就是從侯里哥來的。假使騾被打得屁滾尿流，怎麼可能還留在原處；打得他屁滾尿流的基地艦隊，卻反而溜之大吉？」

另一個人用高亢而含糊的聲音說：「別這麼講，基地總是先挨兩下子。你等著瞧，把眼睛睜大點。老牌的基地遲早會打回來，到了那個時候——碰！」這人聲音含混地說完之後，還醉醺醺地咧嘴一笑。

赫汶來的駕駛員沉默了一會兒，接著又說：「無論如何，正如我所說，我們親眼看到騾的星艦，而且它們看來十分精良——十分精良。我告訴你，它們看來像新的。」

「新的？」作東的本地人若有所思地說：「他們自己造的嗎？」他隨手摘下頭頂的一片葉子，優雅地放在鼻端聞了聞，然後丟進嘴裡嚼起來。嚼爛的樹葉流出綠色的汁液，並瀰漫著薄荷的香味。他又說：「你是想告訴我，他們用自己拼湊的星艦，擊敗了基地的艦隊？得了吧。」

「老學究，我們親眼見到的。你該知道，我至少還能分辨船艦和彗星。」

本地人向駕駛員湊過去。「你可知道我在想什麼。聽好，別跟自己開玩笑了。戰爭不會無緣無故打起來，我們有一大堆精明能幹的領導者，他們知道自己在做什麼。」

那個喝醉的人突然又大聲叫道：「你注意看老牌的基地。他們會忍耐到最後一分鐘，然後就『碰』！」他愣愣地張開嘴巴，對身邊的女郎笑了笑，女郎趕緊走了開。

拉多爾人又說：「老兄，比如說吧，你認爲也許是那個什麼騾在控制一切，不——對。」。他伸出一根手指搖了搖，「我所聽到的——順便提醒你，我是從很高層聽來的，騾根本就是我們的人。我們買通了他，那些星艦或許也是我們建造的。讓我們面對現實——我們也許眞的那麼做了。

當然，他最後不可能打敗基地，卻能搞得他們人心惶惶。當他做到這一點的時候，我們就趁虛而入。」

那女郎問道：「克雷夫，你只會說這些事嗎？只會談戰爭？我都聽厭了。」

赫汶來的那名駕駛員，馬上用過度慇勤的口氣說：「換個話題吧，我們不能讓女孩們厭煩。」

接著，喝醉的那人不斷重複這句話，還拿啤酒杯在桌上敲著拍子。此時有幾雙看對了眼的男女，笑嘻嘻地大搖大擺離開餐桌；又有一些成雙成對的露水鴛鴦，從後院的「陽房」走了出來。

話題變得愈來愈廣泛，愈來愈雜亂，愈來愈沒有意義……

第二類的人，則是知道得多一點，信心卻少一些。

魁梧的獨臂人弗南就是其中之一。他是赫汶出席這次大會的官方代表，因此獲得很高的禮遇。他在這裡忙著結交新朋友——除非必要，否則盡可能挑選女性。

現在，他正待在一間山頂房舍的陽台上，這間房舍的主人正是弗南新交的朋友。自從來到拉多爾，這是他第一次鬆懈下來——後來才知道，在拉多爾這段日子，他前前後後只有兩次這種機會。那位新朋友名叫埃歐·里昂，他不是道地的拉多爾人，只是有血緣關係而已。埃歐的房舍並非座落在大眾住宅區，而是獨立於一片花海中，四周充滿花香與蟲鳴。那個陽台其實是一塊傾斜四十五度的草坪，弗南攤開四肢躺在上面，盡情地享受溫暖的陽光。

他說：「這些享受在赫汶通通沒有。」

埃歐懶洋洋地應道：「你看過低溫半球嗎？離這裡二十哩就有一處景點，那裡的液態氧像水一般流動。」

「得了吧。」

「這是事實。」

「來，埃歐，我告訴你——想當年，我的手臂還連在肩膀上的時候，知道嗎，我到處闖蕩——你不會相信的，不過……」他講了一個好長的故事，埃歐果然不相信。

埃歐一面打呵欠，一面說：「物換星移，這是眞理。」

「我也這麼想。唉，算了，」弗南突然發起火來，「別再說了。我跟你提過我的兒子沒有？你可以說他是舊派人物。他媽的，他將來一定會成爲偉大的行商。他從頭到腳和他老子一模一樣。從頭到腳，唯一不同的是他結了婚。」

「你的意思是簽了一張合同？跟一個女人？」

「就是這樣，我自己看不出這有什麼意義。他們夫妻到卡爾根度蜜月去了。」

「卡爾根？卡——爾——根？銀河啊，那是什麼時候的事？」

弗南露出燦爛的笑容，若有深意地慢慢答道：「就在騾對基地宣戰之前。」

「只是去度蜜月？」

弗南點點頭，並示意埃歐靠過來。他以沙啞的聲音說：「事實上，我可以告訴你一件事，只要你別再轉述出去。我的孩子去卡爾根其實另有目的。當然，你該知道，現在我還不想洩露這個目的究竟爲何。但你只要看看目前的局勢，我想你就能猜得八九不離十。總之，我的孩子是那件任務的不二人選。我們行商亟需一點騷動。」他露出狡猾的微笑，「現在果然來了。我不能說我們是如何做到的，但是——我的孩子一到卡爾根，騾就派出他的艦隊。好兒子！」

埃歐感到十分佩服，他也開始對弗南推心置腹。「那太好了。你知道嗎，據說我們有五百艘星艦，隨時待命出發。」

弗南以權威的口吻說：「也許還不只這個數目。這才是眞正的戰略，我喜歡這樣。」他使勁抓了抓肚皮，發出駭人的聲響。「可是你別忘了，騾也是一個精明的人物。在侯里哥發生的狀況令我擔心。」

「我聽說他損失了十艘星艦。」

「沒錯，可是他總共動用了一百多艘，基地最後只好撤退。那些獨裁者吃敗仗固然大快人心，可是這樣兵敗如山倒卻不妙。」他搖了搖頭。

「我的問題是，騾的星艦到底是哪裡弄來的？現在謠言滿天飛，說是我們幫他建造的。」

「我們？行商？赫汶擁有獨立世界中最大的造艦廠，可是我們從來沒有幫外人造過一艘星艦。你以爲有哪個世界，會不擔心其他世界的聯合抵制，擅自爲騾提供一支艦隊？這……簡直是神話。」

「那麼，他到底是從哪裡弄來的？」

弗南聳聳肩。「我想，是他自己建造的。這點也令我擔心。」

弗南朝著太陽眨眨眼睛，將雙腳放在光滑的木製腳台上，腳趾來回屈伸著。不久他就漸漸進入夢鄉，輕微的鼾聲與蟲鳴交織在一起。

最後一類的人只佔極少數，他們知道得最多，因而毫無信心。

例如藍度就屬於這一類。如今「行商大會」進行到第五天，藍度走進會場，看到他約好的兩個人已經在那裡等他。會場中的五百個座位都還是空的——而且會持續一陣子。

藍度幾乎還沒有坐下來，就迫不及待地說：「我們三個人，代表了獨立行商世界將近一半的軍事潛力。」

「是的，」伊斯的代表曼金答道：「我們兩人已經討論過這一點。」

藍度說：「我準備很快、很誠懇地把話說完，我對交涉談判或爾虞我詐毫無興趣。我們如今的情勢糟透了。」

「是因為——」涅蒙的代表歐瓦．葛利問道。

「是因為上一個小時的發展。拜託！讓我從頭說起。首先，如今的情況，並不是我們所作所為導致的結果，也無疑不在我們的掌控中。我們原先的交涉對象不是騾，而是其他幾位統領。其中最重要的就是卡爾根的前任統領，可是在最緊要的關頭，他竟然被騾打垮了。」

「沒錯，但這個騾是個不錯的替代人選。」曼金說：「我一向不吹毛求疵。」

「知道所有的詳情之後，你就會改變心意了。」藍度身子向前傾，雙手放在桌面，手掌朝上，做了一個明顯的手勢。

他又說：「一個月前，我派我的姪子和姪媳到卡爾根去。」

「你的姪子！」歐瓦．葛利驚訝地吼道：「我不知道他就是你的姪子。」

「這樣做有什麼目的？」曼金以冷淡的口氣問：「這個嗎？」他用拇指在空中畫了一個大圓。

「不對。假如你是指騾向基地宣戰那件事，不，我怎麼可能期望那麼高？那個年輕人什麼也不知道——無論是我們的組織或是我們的目的。我只告訴他，我是赫汶一個愛國團體的普通成員，而他到卡爾根去，只是順便幫我們觀察一下狀況。我必須承認，我真正的動機也相當曖昧。我最主要是對騾感到好奇，他是個不可思議的人物——關於這一點，我們已經討論得夠多了，我不想再重複。其次，我的姪子曾經到過基地，也跟那邊的地下組織有過接觸，他將來很可能成為我們的同志。讓他去一趟卡爾根，會是一次很有意義的訓練。明白了嗎——」

歐瓦的長臉拉得更長，露出大顆大顆的牙齒。「這麼說，你一定對結果大吃一驚。我相信，現在行商世界人盡皆知，都曉得是你的姪子假冒基地的名義，拐走騾的一名手下，給了騾一個宣戰的藉口。銀河啊，藍度，你可真會編故事。我難以相信你會跟這件事沒有牽連。承認了吧，這是個精心策劃的行動。」

藍度猛搖著頭，帶動一頭的白髮。「不是出於我的策劃，也不是我的姪子有意造成的。他如今成了基地的階下囚，可能無法活著看到這個精心策劃的行動大功告成。我剛剛收到他的訊息。不知道他用什麼方法，把私人信囊偷偷傳了出來，信囊通過戰區輾轉送達赫汶，然後又從那裡轉到這裡。足足一個月，才到我手上。」

「信上寫的是？——」

藍度用單掌撐著身子，以悲切的口吻說：「恐怕我們要步上卡爾根前任統領的後塵。騾是一個突變種！」

這句話隨即引起一陣不安。藍度不難想像，對面兩個人一定立刻心跳加速。

當曼金再度開口時，平穩的口氣卻一點也沒有變。「你是怎麼知道的？」

「只是我姪子這麼說的，不過他曾經到過卡爾根。」

「是什麼樣的突變種？你知道，突變種有好多種類。」

藍度勉力壓下不耐煩的情緒。「沒錯，曼金，突變種有好多種類。好多種類！可是騾卻只有一種。什麼樣的突變種能這樣白手起家，先是聚集一股軍隊，據說，最初只是在一顆直徑五哩的小行星上建立據點，然後攻佔一顆行星，接下來是一個星系、一個星區——然後開始進攻基地，並在侯里哥擊敗基地的艦隊。這一切，前後只有兩三年的時間！」

歐瓦．葛利聳聳肩。「所以你認爲，他終究會擊敗基地？」

「我不知道。假如他眞的做到了呢？」

「抱歉，我可不想扯那麼遠。基地是不可能被打敗的。聽好，除了這個……嗯，這個少不更事的孩子傳來的消息，我們沒有獲悉任何新的進展。我建議把這件事暫且擺在一邊。騾已經打了那麼多場勝仗，我們原來一點也不操心，除非他做得太過分，我看不出何必改變我們目前這種態度。對不對？」

藍度皺起眉頭，對方說的一堆歪理令他灰心。他對兩人說：「目前爲止，我們有沒有跟騾做過任何接觸？」

「沒有。」兩人齊聲答道。

「其實，我們曾經嘗試過，對不對？其實，除非我們跟他取得聯繫，召開這場大會並沒有什麼意義，對不對？其實，目前爲止，大家都是喝得多想得少，說得多做得少——我是引自今天〈拉多爾論壇報〉上的一篇評論——這都是因爲我們無法聯絡到騾。兩位先生，我們總共擁有近千艘的星艦，只要時機一到，就能全體出動，一舉攻下基地。我認爲，我們應該改變計畫。我認爲，應該立刻把那一千艘星艦派出去——對抗騾！」

「你的意思是，去幫助茵德布爾那個暴君，還有基地那幫吸血鬼嗎？」曼金帶著恨意輕聲追問。

藍度不耐煩地舉起手。「請省略不必要的形容詞。我只是說『對抗騾』，我不在乎是幫助誰。」

歐瓦．葛利站了起來。「藍度，我不要跟這件事有任何牽扯。如果你迫不及待想進行政治自殺，今晚就可以向大會提出這個動議。」

17 聲光琴

艾布林．米斯的住宅坐落在端點市一個還算純樸的社區，基地所有的知識份子、學者，以及任何一個愛讀書報的人，對這間房子都不會陌生。不過大家的主觀印象不盡相同，端視各人讀到的報導出自何處。對於某位心思細膩的傳記作家，它是「從非學術的現實隱遁的象徵」。某位社會專欄作家，曾經以過分感情化的流利話語，提到室內「雜亂無章的、可怕的雄性氣氛」。某位博士曾直率地描述它「有書卷氣，但很不整齊」。某位與大學無緣的朋友則說：「隨時可以來喝一杯，你還能把腳放在沙發上」。某位生性活潑、喜歡賣弄文采的每週新聞播報員，有一回提到：「冒瀆、激進、粗野的艾布林．米斯，他家的房間顯得硬邦邦、實用而毫不荒謬。」

此時，貝泰自己也在心中評價著這座住宅。根據第一手資料，她覺得「邋遢」是唯一的形容詞。

除了剛到基地那幾天，她在拘留期間的待遇都還不錯。相較之下，在心理學家的家中等待半小時，似乎比那些日子難熬得多——或許有人正在暗中監視呢？至少，她過去一直和杜倫在一起……

若不是馬巨擘垂下長鼻子，露出一副緊張得不得了的表情，這種迫人的氣氛可能會令她更難過。

馬巨擘併起細長的雙腿，膝蓋頂著尖尖的、鬆弛的下巴，彷彿試著要讓自己縮成一團然後消失。貝泰自然而然伸出手來，做了一個溫柔的手勢為他打氣。馬巨擘怔了一怔，然後才露出微笑。

「毫無疑問，我親愛的女士，似乎直到現在，我的身子還不肯相信我的腦子，總是以為別人還會伸手打我一頓。」

「馬巨擘，你不用擔心。有我跟你在一起，我不會讓任何人傷害你。」

小丑的目光悄悄轉向貝泰，又迅速縮回去。「可是他們原先不讓我跟您——還有您那位好心的丈夫在一塊。此外，我想告訴您，您也許會笑我，可是失去了友情，我感到十分寂寞。」

「我不會笑你的，我也有這種感覺。」

小丑顯得開朗多了，將膝蓋抱得更緊。「這個要來看我們的人，您還沒有見過他吧？」他以謹慎的口氣問道。

「沒錯。不過他是名人，我曾經在新聞幕中看過他，也聽到過好些他的事情。馬巨擘，我想他是好人，他不會想傷害我們。」

「是嗎？」小丑仍然坐立不安，「親愛的女士，也許您說得對，可是他以前曾經盤問過我，他的態度粗魯，嗓門又大，令我忍不住發抖。他滿口古怪的言語，所以對於他的問題，我使盡吃奶的力氣也吐不出半個字。從前有個吟遊詩人看我愣頭愣腦，就唬我說在這種緊張時刻，心臟會塞到氣管裡，讓人說不出話來，如今我幾乎要相信他的話。」

「不過現在情況不同了。我們兩個應付他一個，他沒辦法把我們兩人都嚇倒，對不對？」

「沒錯，我親愛的女士。」

不知從哪裡傳來「碰」的一下關門聲，接著是一陣咆哮逐漸逼近。當咆哮聲到達門外時，凝聚成兇暴的一句「給我×××的滾開這裡！」門口立時閃過兩名穿著制服的警衛，一溜煙就不見了。

艾布林．米斯皺著眉頭走進房間，將一個仔細包裝的東西放到地上，然後走過來跟貝泰隨便握了握手。貝泰則回敬以粗曠的、男士的握手方式。米斯轉向小丑後，又不禁回頭望了望貝泰，這次目光在她身上停駐許久。

他問道：「結婚了？」

「是的，我們辦過合法的手續。」

米斯頓了頓，又問：「幸福嗎？」

「目前爲止還好。」

米斯聳了聳肩，又轉身面向馬巨擘。他打開那包東西，問道：「孩子，知道這是什麼嗎？」

馬巨擘立刻從座位中彈跳出去，一把抓住那個多鍵的樂器。他撫摸著上面無數的圓凸按鍵，突然興奮得向後翻了一個筋斗，差點把旁邊的家具都撞壞了。

他哇哇大叫道：「一把聲光琴——而且製做得那麼精緻，能讓死人都心花怒放。」他細長的手指慢慢地、溫柔地撫摸著那個樂器，然後又輕快地滑過鍵盤，手指輪流按下一個個按鍵。空氣中便出現了柔和的薔薇色光輝，剛好充滿每個人的視野。

艾布林．米斯說：「好啦，孩子，你說你會玩這種樂器，現在有機會了。不過，你最好先調調音，這是我從一家博物館借出來的。」然後，米斯轉身向貝泰說：「據我所知，基地沒有任何人會侍候這玩意。」

他靠近了些，急促地說：「沒有你在場，小丑就不肯開口。你願意幫我嗎？」

貝泰點了點頭。

「太好了！」他說：「他的恐懼狀態幾乎已經定型，我懷疑他的精神耐力承受不了心靈探測器。如果我想從他那裡得到任何訊息，必須先讓他感到絕對自在。你瞭解嗎？」

貝泰又點了點頭。

「這具聲光琴是我計畫中的第一步。他說他會演奏這種樂器，根據他現在的反應，我們幾乎可以確定，這玩意曾經帶給他極大的快樂。所以不論他演奏得是好是壞，你都要顯得很有興趣、很欣賞。然後，你要對我表現出友善和信任。最重要的是，每件事都要看我的眼色行事。」米斯很快瞥了馬巨擘一眼，看到他蜷縮在沙發的一角，迅速調整著聲光琴的內部機件，一副全神貫注的樣子。

米斯恢復了普通交談的口吻，對貝泰說：「你聽過聲光琴的演奏嗎？」

「聽過一次，」貝泰也用很自然的口氣說：「是在一場珍奇樂器演奏會中。我並不特別喜歡。」

「嗯，我猜是因為表演的人不盡理想。如今幾乎沒有眞正一流的演奏者。比起其他的樂器，比如說多鍵盤鋼琴，聲光琴並不需要全身上下如何協調，反而需要某種靈巧的心智。」接著他壓低聲音說：「這就是爲什麼對面那個皮包骨，有可能演奏得比咱們想像中要好。過半數的出色演奏家，在其他方面簡直都是白癡。心理學之所以這麼有意思，正是因爲這種古怪現象還眞不少。」

他顯然是想要製造輕鬆的氣氛，又補充道：「你知道這個怪里怪氣的東西是什麼原理？我特地研究了一下，目前我得到的結論是，它產生的電磁輻射能直接刺激腦部的視覺中樞，根本不必觸及視神經。事實上，就是製造出一種原本不存在的感覺。你仔細想想，還眞是挺神奇的。你平常聽到的聲音，並沒有什麼特別之處，不外是經過耳鼓、耳蝸的作用。但是——噓！他準備好了。請你踢一下那個開關，在黑暗中效果更好。」

在一片昏暗中，馬巨擘看來只是一小團黑影，艾布林．米斯則是帶著濃重呼吸聲的一大團。貝泰滿心期待地瞪大眼睛，起初卻什麼也看不到。空氣中只存在著細微纖弱的顫動，音階毫無規律地愈爬愈高。它在極高處徘徊，音量陡然升高，然後猛撲下來撞碎在地上，猶如紗窗外響起一聲巨雷。

隨著四散迸濺的旋律，一個色彩變幻不定的小球漸漸脹大，在半空中爆裂成衆多無形的團塊，

「我親愛的女士，」他喘著氣說：「這把琴的效果眞可說是出神入化，在平衡和響應方面，它的靈敏和穩定幾乎超出我的想像。有了這把琴，我簡直可以創造奇蹟。我親愛的女士，您喜歡我的作品嗎？」

「你的作品？」貝泰小聲地說：「你自己的作品？」

看到她吃驚的模樣，馬巨擘的瘦臉一直漲紅到長鼻子的尖端。「我親愛的女士，的的確確是我自己的作品。騾並不喜歡它，可是我常常、常常從這首曲子中自得其樂。那是我小的時候，有一次，我看到一座宮殿——一座巨大的宮殿，外面鑲滿金銀珠寶；我是在巡迴演出的時候，從遠遠的地方看見的。裡頭的人穿著我做夢也想不到的華麗衣裳，而且每個人都高貴顯赫，後來即使在騾身邊，我也沒有再見到過那麼高貴的人。我這首曲子其實模仿得十分拙劣，可是我的腦子不靈光，不能表現得更好了。我稱這首曲子爲〈天堂的記憶〉。」

當馬巨擘滔滔不絕的時候，米斯終於回過神。「來，」他說：「來，馬巨擘，你願不願意爲其他人這樣表演？」

一時之間，小丑不知如何是好。「爲其他人？」他用發顫的聲音說。

「在基地各大音樂廳，爲數千人表演。」米斯大聲說道：「你願不願意做自己的主人，受衆人的尊敬，並且賺很多錢，還有……還有……」他的想像力到此爲止，「還有一切的一切。啊？你怎麼說？」

「但是我怎麼可能做到呢？偉大的先生，我只是個可憐的小丑，世上的好事永遠沒有我的份。」

心理學家深深吐了一口氣，還用手背擦了擦額頭上的汗水。他又說：「老弟，可是你很會表演聲光琴。只要你願意爲市長還有他的『聯合企業』表演幾場，這個世界就是你的了。你喜不喜歡這個主意？」

小丑很快瞥了貝泰一眼。「她會陪著我嗎？」

貝泰哈哈大笑。「小傻瓜，當然會。你馬上就要名利雙收，現在我有可能離開你嗎？」

「我要全部獻給您。」馬巨擘認眞地答道：「其實，即使把銀河系的財富都獻給您，還是不足以報答您的恩情。」

「不過，」米斯故意隨口說：「希望你能先幫我一個忙……」

「做什麼？」

心理學家頓了一頓，然後微微一笑。「小小的表層探測器不會對你造成任何傷害，只會輕輕接觸你的大腦表層而已。」

馬巨擘眼中立刻顯露無比的恐懼。「千萬別用探測器，我見過它的厲害。它會把腦漿吸乾，只留下一個空腦殼。騾就是用那東西對付叛徒，讓那些人都變成行屍走肉，在大街小巷四處遊蕩，直到騾大發慈悲，把他們殺死爲止。」他舉起右手推開米斯。

「你說的是心靈探測器，」米斯耐著性子解釋，「即使那種探測器，也只有誤用時才會造成傷害。我用的這台是表層探測器，連嬰兒也不會受傷。」

「馬巨擘，他說得沒錯。」貝泰勸道：「這樣做只是爲了對付騾，好讓他休想接近我們。把騾解決之後，你我下半輩子都能過著榮華富貴的日子。」

馬巨擘伸出抖個不停的右手。「那麼，您可不可以抓著我的手？」

貝泰雙手握住他，小丑於是瞪大眼睛，看著那對閃閃發光的電極板向自己漸漸接近。

在茵德布爾市長的私人起居室中，艾布林．米斯坐在一張過分奢華的椅子上，仍舊表現得隨隨便便，對市長的禮遇一點也不領情。矮小的市長今天顯得坐立不安，米斯卻只是毫不同情地冷眼旁觀。他還將抽完的雪茄丟到地上，並且吐出一口煙絲。

「茵德布爾，順便告訴你，如果你正在安排馬洛大廳下回的音樂會，」他說：「你可以把那些演奏電子樂器的，全都踢回臭水溝裡；只要把那個小畸形人找來，叫他為你表演聲光琴就行了。茵德布爾——那簡直不是人間的音樂。」

茵德布爾不高興地說：「我把你找來，不是請你為我上音樂課的。騾的底細究竟如何？我要聽這個，騾的底細究竟如何？」

「騾啊？嗯，我會告訴你的——我使用表層探測器，得到的資料有限。我不能用心靈探測器，那個畸形人對它有盲目的恐懼感，倘若硬要用，一旦電極接觸到他，產生的排斥也許就會令他×××的精神崩潰。無論如何，我帶來一點情報，請你別再敲指甲好不好——

「首先，不用過分強調騾的體能。他也許很強壯，不過畸形人所說的關於這方面的神話，也許被他自己的恐怖記憶放大了許多倍。騾戴著一副古怪的眼鏡，而他的眼睛能殺人，這明顯表示他擁有精神力量。」

「這些我們當初就知道了。」市長不耐煩地說。

「那麼探測器證實了這點，然後從這裡出發，我開始用數學來推導。」

「所以呢？你要花多久時間才能完成？你這樣子喋喋不休，我的耳朵快被你吵聾了。」

「據我的估計，大約再過一個月，我就能告訴你一些結果。當然，也可能沒有結果。但是又有什麼關係呢？假如這一切都在謝頓計畫之外，我們的機會就太小了，×××的太小了。」

茵德布爾惡狠狠地轉身面向心理學家。「叛徒，我逮到你啦。你騙人！你還敢說和那些製造謠言的壞蛋不是一夥的？你們散播失敗主義，搞得基地人心惶惶，讓我的工作加倍困難。」

「我？我？」米斯也漸漸發火了。

茵德布爾對著他賭咒。「星際塵雲在上，基地將會勝利——基地一定會勝利。」

「縱使我們在侯里哥吃了敗仗？」

「那不是敗仗。你也相信那些滿天飛的謊言嗎？是由於我們兵力懸殊，而且有人叛變……」

「什麼人煽動叛變？」米斯以輕蔑的口氣追問。

「貧民窟裡那些滿身蝨子的民主份子。」茵德布爾回敬他一陣大吼。「艦隊裡面到處都是民主份子的細胞，這點我很早就知道了。雖然大部分都被剷除，但是難免有漏網之魚，這就足以解釋為什麼會有二十艘星艦，竟然在會戰最吃緊的時候投降。正因爲這樣，我們才被打敗的。

「所以說，你這個出言不遜、舉止粗野、頭腦簡單的所謂愛國者，你和那些民主份子到底有什麼牽連？」

艾布林．米斯卻只是聳聳肩。「你在胡說八道，你知道嗎？後來的撤退又怎麼說，西維納又怎麼會淪陷了一半？也是民主份子的傑作嗎？」

「不，不是民主份子。」小個子市長露出詭異的笑容，「是我們主動撤退——基地每逢遭到攻擊，一律都會以退爲進，直到不可抗拒的歷史發展，變得對我們有利爲止。事實上，我已經看到了結果。事實上，由民主份子組成的所謂『地下組織』已經發表一項聲明，宣誓效忠並協助政府。這可能是個陰謀，以便掩護另一個更高明的詭計，但是我可以將計就計，不論那些混帳叛徒打的什麼主意，這項合作都可以大肆宣傳一番。更好的是……」

「市長閣下，反應非常好。盛行一時的邪惡謠言又消退不少，大衆的信心普遍恢復了。」

「很好！」他揮手示意那名官員退下，隨手調整了一下考究的領帶。

距離正午還有二十分鐘！

從市長支持者中精挑細選出來的代表團——各大行商組織的重要負責人——此時三三兩兩走進來。他們根據財富的多寡，以及在市長心目中的地位，而有不同程度的豪華排場。人人都先驅前向市長問安，領受市長一兩句親切的招呼，再坐到指定的座位去。

穹窿某處突然出了一點狀況，破壞了現場矯揉造作的氣氛——來自赫汶的藍度從人群中慢慢擠出來，不請自來地走到市長座椅前。

「市長閣下！」他喃喃道，同時鞠躬行禮。

茵德布爾皺起了眉頭。「沒有人批准你來覲見我。」

「市長閣下，我在一週前就已經申請了。」

「我很遺憾，但是和謝頓現身有關的國家大事，使得……」

「市長閣下，我也很遺憾，但是我必須請你收回成命，不要將獨立行商的星艦混編在基地艦隊中。」

由於自己的話被打斷，茵德布爾氣得滿臉通紅。「現在不是討論問題的時候。」

「市長閣下，這是唯一的機會。」藍度急切地細聲說：「身爲獨立行商世界的代表，我要告訴你，這項要求我們恕難從命。你必須趕在謝頓出手解決我們之間的問題之前，盡快撤銷這個命令。一旦緊張的局勢不再，到時想再安撫就太遲了，我們的聯盟關係會立刻瓦解。」

茵德布爾以冷漠的目光瞪著藍度。「你可知道我是基地的最高軍事統帥？我到底有沒有軍事行動的決策權？」

「市長閣下，你當然有，但是你的決定有不當之處。」

「我沒有察覺到任何不當。在這種緊要關頭，允許你的艦隊單獨行動是很危險的事，這樣正中敵人下懷。大使，不論是軍事或政治方面，我們都必須團結。」

藍度覺得喉嚨幾乎鯁住。他省略了對市長的敬稱，脫口而出道：「因爲謝頓即將現身，所以你感到安全無虞，就準備要對付我們了。一個月前，當我們的星艦在泰瑞爾擊敗騾的時候，你還表現得既軟弱又聽話。市長先生，我該提醒你，在會戰中連吃五次敗仗的是基地的艦隊，而爲你打了幾場勝仗的，則是獨立行商世界的星艦。」

茵德布爾陰狠地皺起眉頭。「大使，你已經是端點星上不受歡迎的人物。今天傍晚就要請你限期離境。此外，你和端點星上顛覆政府的民主份子必有牽連，這一點，我們會——我們其實已經調查過了。」

藍度回嘴道：「我走的時候，我們的星艦會跟我一起離去。我對你們的民主份子一無所知。我只知道，你們基地的星艦之所以向騾投降，並不是艦員的主意，而是由於高級軍官的叛變，姑且不論他們是不是民主份子。我告訴你，在侯里哥那場戰役中，基地的二十艘星艦尚未遭到任何攻擊，那名少將指揮官便下令投降。那名少將還是你自己的親信——當我的姪子從卡爾根來到基地時，就是那名少將主持他的審判。類似的案例我們知道不少，基地的艦隊充滿潛在的叛變，我們的星艦和戰士可不要冒這種險。」

茵德布爾說：「在你離境之前，會有警衛全程監視你。」

在端點星高傲的統治階層注目下，藍度默默走了開。

距離正午還有十分鐘！

貝泰與杜倫也已經到了，兩人坐在最後幾排。看到藍度經過，他們趕緊起身和他打招呼。

藍度淡淡一笑。「你們畢竟來了。是怎麼爭取到的？」

「馬巨擘是我們的外交官。」杜倫咧嘴一笑，「茵德布爾一定要他以時光穹窿爲主題，作一首聲光琴的樂曲，當然要用茵德布爾自己當主角。馬巨擘說除非有我們作伴，否則他就不出席，無論怎麼說、怎麼勸他都不妥協。艾布林．米斯和我們一道來，現在不知道跑到哪裡去了。」然後，杜倫突然焦急而嚴肅地問道：「啊，叔叔，有什麼不對勁？你看來不太舒服。」

藍度點點頭。「我同意。杜倫，我們加入得不是時候。當騾被解決後，只怕就要輪到我們了。」

一位身穿白色制服、外表剛直嚴肅的身形走過來，向他們行了一個俐落的鞠躬禮。

貝泰伸出手來，黑眼珠洋溢著笑意。「普利吉上尉！你又恢復了太空勤務？」

上尉握住她的手，並且彎下腰來。「沒有這回事。我知道是由於米斯博士的幫助，我今天才有出席的機會。不過我只能暫時離開，明天就要回地方義勇軍報到。現在幾點了？」

距離正午還有三分鐘！

馬巨擘臉上摻雜著悲慘、苦惱與沮喪的表情。他的身子縮成一團，彷彿又想讓自己憑空消失。他的長鼻子鼻孔處皺縮起來，凝視地面的大眼睛則不安地左右游移。

他突然抓住貝泰的手，等到她彎下腰來，他悄聲說：「我親愛的女士，當我……當我表演聲光琴的時候，您想，這麼多偉大的人物，都會是我的聽衆嗎？」

「我確定，誰都不會錯過。」貝泰向他保證，還輕輕搖著他的手。「我還可以確定，他們會公認你是全銀河最傑出的演奏家，你的演奏將是有史以來最精采的。所以你要抬頭挺胸，坐端正了。我們要有名家的架式。」

貝泰故意對他皺皺眉頭，馬巨擘回以微微一笑，緩緩將細長的四肢舒展開來。

正午到了——

——玻璃室也不再空無一物。

很難確定有誰目睹了錄像是如何出現的。這是個迅疾無比的變化，前一刻什麼都沒有，下一刻就已經在那裡了。

在玻璃室中，是一個坐在輪椅上的人，他年邁且全身萎縮，臉孔佈滿皺紋，透出的目光卻炯炯有神。他膝頭上覆著一本書，當他開始說話的時候，整個人才顯得有了生氣。

他的聲音輕柔地傳來。「我是哈里．謝頓！」

一片鴉雀無聲中，他以洪量的聲音說：

「我是哈里．謝頓！光憑感覺，我不知道有沒有人在這裡，但是這不重要。最近幾年，我還不太擔心計畫會出問題。在最初三個世紀，計畫毫無偏差的機率是百分之九十四．二。」

他頓了頓，微笑了一下，然後以親切和藹的口氣說：「對了，如果有人站著，可以坐下了。如果有誰想抽煙，也請便吧。我的肉身並不在這裡，大家不必拘泥形式。

「現在，讓我們討論一下目前的問題。這是基地第一次面對——或是即將面對一場內戰。目前為止，外來的威脅幾乎已經消滅殆盡；根據心理史學嚴格的定律，這是必然的結果。基地如今面臨的危機，是過分不守紀律的外圍團體，對抗過分極權的中央政府。這是必要的過程，結果則至為明顯。」

在座那些達官貴人的威嚴神氣開始鬆動，茵德布爾則幾乎站了起來。

貝泰身子向前傾，露出困惑的眼神。偉大的謝頓究竟在說些什麼？這一分神，她就漏聽了一兩句。

「……達成妥協，滿足了兩方面的需要。獨立行商的叛亂，爲這個或許變得太過自信的政府，引進一個新的不確定因素。於是，基地重新拾回奮鬥的精神。獨立行商雖然戰敗，卻增進了民主的健全發展……」

交頭接耳的人愈來愈多，耳語的音量也不斷升高，大家不禁開始感到恐懼。

貝泰咬著杜倫的耳朵說：「他爲什麼沒提到騾？行商根本沒有叛亂。」

杜倫的反應只是聳聳肩。

在逐漸升高的混亂中，輪椅上的人形繼續興高采烈地說：

「……基地被迫進行這場必然的內戰之後，一個嶄新的、更堅強的聯合政府是必需的且正面的結果。這時，只剩下舊帝國的殘餘勢力，會阻擋基地繼續擴張。但是在未來幾年內，那些勢力無論如何都不是問題。當然，我不能透露下一個危機的……」

謝頓的嘴唇繼續動著，聲音卻被全場的喧囂完全掩蓋。

艾布林．米斯此時正在藍度身邊，一張臉漲得通紅。他拚命吼道：「謝頓瘋啦，他把危機搞錯了。你們行商曾經計畫過內戰嗎？」

藍度低聲答道：「沒錯，我們計畫過。都是因爲騾，我們才取消的。」

「那麼這個騾是個新添的因素，謝頓的心理史學未曾考慮到。咦，怎麼回事？」

在突如其來的一片死寂中，貝泰發現玻璃室恢復了空虛的狀態。牆壁上的核能照明全部失靈，空調設備也都不再運轉。

刺耳的警報聲不知在何處響起，音調忽高忽低不停交錯。藍度用口形說了一句：「太空空襲！」

艾布林．米斯將腕錶貼近眼睛，突然大叫一聲：「停了，我的銀——河呀！這裡有誰的錶還會走？」他的叫聲有如雷鳴。

立時有二十隻手腕貼近二十對眼睛。幾秒鐘之後，便確定答案都是否定的。

「那麼，」米斯下了一個駭人聽聞的結論，「有股力量讓時光穹窿中的核能通通消失了——是騾打來啦。」

茵德布爾哽咽的聲音蓋過全場的嘈雜。「大家坐好！騾還在五十秒差距之外。」

「那是一週前。」米斯吼了回去，「如今，端點星正遭到空襲。」

貝泰突然感到心中湧現一陣深沉的沮喪。她覺得這個情緒將自己緊緊纏住，直纏得她的喉嚨發疼，幾乎喘不過氣來。

外面群衆的喧鬧聲已經清晰可聞。穹窿的門突然被推開，一個愁眉苦臉的人闖進來，茵德布爾一口氣衝到那人面前。

「市長閣下，」那人急促地小聲對市長說：「全市的交通工具都動彈不得，對外通訊線路全部中斷。第十艦隊據報已被擊潰，騾的艦隊已經來到大氣層外。參謀們……」

茵德布爾兩眼一翻，如爛泥般倒在地板上。現在，穹窿內又是一片鴉雀無聲。外面驚惶的群衆愈聚愈多，卻也個個閉緊嘴巴，凝重的恐懼氣氛頓時瀰漫各處。

茵德布爾被扶起來，並有葡萄酒送到他嘴邊。他的眼睛還沒來得及張開，嘴巴已經吐出兩個字：「投降！」

貝泰感到自己幾乎要哭出來——並非由於悲傷或屈辱，只是單純出於可怕至極的絕望。艾布林．米斯上前拉拉她的袖子。「小姐，快走——」

她整個人從座位中被拉起來。

「我們要趕緊走，」米斯說：「你帶著那個音樂家。」胖嘟嘟的科學家嘴唇泛白，還不停地打顫。

「馬巨擘！」貝泰有氣無力地叫道。小丑嚇得縮成一團，雙眼目光呆滯。

「騾，」他尖叫道：「騾來抓我了。」

貝泰伸手拉他，馬巨擘卻用力掙脫。杜倫趕緊上前，猛然一拳揮出去。馬巨擘應聲倒地不省人事，杜倫將他扛在肩頭，像是扛著一袋馬鈴薯。

第二天，騾的星艦盡數降落在端點星各個著陸場；每艘星艦都漆成深黑的保護色，看來醜陋無比。端點市的核能交通工具仍舊全部停擺，指揮進攻的將軍坐在自己的地面車中，奔馳在市內空無一人的大街上。

二十四小時前，謝頓出現在基地原先的統治者面前；二十四小時後，騾發佈了攻佔基地的宣告，一分鐘也不差。

基地體系內所有的行星，只剩下獨立行商世界仍在頑強抵抗。騾在成爲基地的征服者之後，隨即將箭頭轉向他們。

19　尋找開始

孤獨的赫汶行星是赫汶恆星唯一的伴隨者，兩者構成這個星區唯一的恆星系。此地接近銀河系最前緣，往外便是星系間的虛無太空。這顆行星，如今被包圍了。

就嚴格的軍事觀點而言，它的確被包圍了。因為在銀河系這一側，距離赫汶二十秒差距外的任何區域，無處不在騾的前進據點控制之下。基地潰敗後這四個月，赫汶的對外通訊早已柔腸寸斷，就像是被剃刀割裂的蜘蛛網。赫汶所屬的星艦都向母星集結，赫汶成了唯一的戰鬥據點。

就其他觀點而言，包圍的壓迫感似乎更為強烈。絕望的情緒與悲觀的宿命早已滲透進來……

貝泰拖著沉重的腳步，走在畫著粉紅色波狀條紋的通道上。她邊走邊數，經過一排排乳白色、高分子面板的餐桌，終於數到自己的座位。坐上高腳凳之後，她感到輕鬆了些，一面機械化地回應著彷彿聽到的招呼，一面用痠疼的手背揉著痠疼的眼睛，並隨手取來菜單。

她看到幾道人工培養的蕈類做成的菜餚，感到一陣噁心反胃。這些食物在赫汶被視為珍饈，她的基地味口卻覺得難以下嚥。然後她聽到一陣啜泣，馬上抬起頭來。

在此之前，貝泰從未注意過裘娣。裘娣面貌平庸，還有個獅子鼻，雖是金髮卻毫不起眼。她用餐的座位在貝泰的斜對面，兩人只是點頭之交。現在裘娣哭得一把鼻涕一把眼淚，傷心地咬著一塊濕透了的手帕；她不停地抽噎，直到臉龐都漲得通紅。她的抗放射衣搭在肩上，已經皺得不成樣子；透明面罩扎到了點心，她也根本視若無睹。

裘娣身邊早已站著三個女孩，她們不停地輪流拍著她的肩膀，撫著她的頭髮，還胡亂說些安慰的話，可是顯然毫無成果。貝泰走過去，加入她們的陣容。

「怎麼回事？」她輕聲問。

一個女孩回過頭來，聳了聳肩，暗示著「我不知道」。然後，她感到這個動作不足以達意，於是將貝泰拉到一邊去。

「我猜，她今天很不好過。她在擔心她先生。」

「他在執行太空巡邏任務嗎？」

「是的。」

貝泰友善地向裘娣伸出手。

「裘娣，你何不回家休息呢？」相較於先前那些軟弱無力的空洞安慰，她這句話顯得實際多了。

裘娣抬起頭來，恨恨地說：「這星期我已經請過一次假了……」

「那麼你就再請一次。你若硬要待在這裡，你可知道，下星期還會請三次假呢——所以你現在回家，等於是一種愛國行爲。你們幾位，有沒有和她同一個部門的？好，那麼請你幫她打卡。裘娣，你最好先到洗手間去一趟，把臉洗洗乾淨，順便化化粧。去啊！走！」

貝泰走回自己的座位，再度拿起菜單，雖然鬆了一口氣，心情卻仍舊沮喪。這些情緒是會傳染的。在這種令人神經緊繃的日子裡，只要一個女孩開始哭泣，就會使得整個部門人心惶惶。

她終於硬著頭皮做出決定，按下手肘邊的一個按鈕，並將菜單放回原處。

坐在她對面的那位高個子黑髮少女說：「除了哭泣，我們也沒什麼好做的了，對不對？」

那少女說話的時候，過分豐滿的嘴唇幾乎沒有動。貝泰注意到，少女的嘴唇是最新潮化粧術的傑作，呈現出一種似笑非笑的人工表情。

貝泰垂下眼瞼，咀嚼著對方話中拐彎抹角的譏諷，同時無聊地看著午餐自動運送的過程：桌面上的瓷磚部分先向下沉，隨即帶著食物升上來。她仔細地撕開餐具的包裝紙，輕輕攪拌著食物，直到菜餚全都涼了。

她說：「賀拉，你想不到別的事可做嗎？」

「喔，對，」賀拉答道：「我可以！」她隨手做了一個熟練的小動作，將手中的香煙彈進壁槽。它還沒有掉下去，就被一陣小小的閃光吞噬。

「比如說，」賀拉合起保養得很好的一雙纖纖玉手，放在下巴底下。「我認為我們能和騾達成一個非常好的協議，趕緊結束這一切的荒謬。話說回來，等到騾來接管此地，我可沒有……唔……沒有管道能及時逃走。」

貝泰光潤的額頭並沒有皺起來，她的聲音輕柔而冷淡。「你的兄弟或你的先生，沒有一個在星艦上服役吧？」

「沒有。正因為這樣，我更不覺得該讓別人的兄弟或丈夫犧牲生命。」

「假如我們投降，犧牲一定會更大。」

「基地投降了，卻安然無事。而我們的男人都參戰去了，敵人卻是整個銀河系。」

貝泰聳聳肩，用甜美的聲音說：「恐怕只有前者令你煩惱吧。」說完，她繼續吃著大盤的蔬菜。但四周突然鴉雀無聲，讓她感到很不舒服。坐在附近的女孩，誰也不想對賀拉的嘲諷做任何反應。

貝泰終於吃完了，隨手按下另一個按鈕，餐桌便自動收拾乾淨，她則趕緊離開了餐廳。

與貝泰隔三個座位的另一個女孩，用欲蓋彌彰的耳語問賀拉道：「她是誰啊？」

「你去那裡做什麼？」

「這……」她猶豫了一下，「情況愈來愈糟。我覺得自己再也無法忍受工廠的氣氛。士氣——蕩然無存。女孩們毫無來由就哭成一團，不哭的也變得陰陽怪氣。即使是小乖乖，現在也會鬧彆扭了。我的那個組，生產量還不到我加入那時的四分之一，而且每天一定有人請假。」

「好啦，」杜倫道：「回過來說生產局吧。你去那裡做什麼？」

「去打聽一些事。杜，結果我發現，這種現象整個赫汶都一樣。產量逐日遞減，騷亂和不滿與日俱增。那個局長只是聳聳肩——我在會客室坐了一個鐘頭才見到他，而我能進去，還是因為我是協調官的姪媳婦。局長表示，這個問題超出他的能力範圍。坦白說，我認為他根本不關心。」

「好啦，貝，別又扯遠了。」

「我不相信他關心這個問題。」貝泰極為激動，「我告訴你，一定有什麼不對勁。這種可怕的挫折感，當初在時光穹窿中，謝頓讓我們大失所望的時候，我有過相同的經驗。你自己也感覺到了。」

「沒錯，我也感覺到了。」

「好，這種感覺又回來了。」她兇巴巴說。「我們再也無法對抗騾了。即使我們有足夠的物力，卻缺乏勇氣、精神和意志力——杜，再抵抗也沒有用了……」

在杜倫的記憶中，貝泰從未哭過，如今她也沒有哭，至少不是真的在哭。杜倫將手輕輕搭在她肩上，細聲說：「寶貝，把這些忘了吧。我知道你的意思，可是我們什麼也……」

「對，我們什麼也不能做！每個人都這麼說——我們就這樣坐在這裡，等著任人宰割。」

她開始解決剩下的三明治與半杯茶，杜倫則一聲不響地去鋪床。外面已經完全暗了下來。

藍度剛剛被任命爲赫汶各城邦的協調官——這是一個戰時職務。他就任後，立刻申請到一間頂樓的宿舍。從這間宿舍的窗戶，他可以對著城中的綠地與屋頂沉思默想。現在，隨著洞穴照明一個個遮蔽起來，整座城市不再有任何的明暗光影。藍度卻無暇冥想這個變化的象徵性意義。

他對艾布林．米斯說：「赫汶有一句諺語：洞穴照明遮蔽時，便是好人和勤奮工作者進入夢鄉的時候。」

米斯明亮的小眼睛緊盯著手中注滿紅色液體的高腳杯，對周遭的事物似乎都不感興趣。「你最近睡得多嗎？」

「不多！米斯，抱歉這麼晚還把你找來。這些日子，我好像特別喜歡夜晚，這是不是很奇怪？赫汶人的作息相當規律，照明遮蔽時就上床睡覺，我自己也一樣。可是現在不同了……」

「你是在逃避。」米斯斷然地說：「清醒時刻，你身邊總是圍繞著一群人。你感覺到他們的目光、他們的希望都投注在你身上，令你承受不了。到了睡眠時刻，你才能夠解脫。」

「那麼，你也感覺到了？那種悲慘的挫敗感？」

艾布林．米斯緩緩點了點頭。「我感覺到了。這是一種集體精神狀態，一種×××的群衆恐懼心理。銀——河呀，藍度，你在指望什麼？你們整個的文化，導致了一種盲目的、可憐兮兮的信仰，認爲過去有一位民族英雄，將每件事都計畫好了；你們×××的生活中每一個細節，也會被他照顧得好好的。這種思考模式具有宗教的特徵，你該知道這意味著什麼。」

「完全不知道。」

米斯並不熱衷於解釋自己的理論，一向如此。他只是若有所思地用手指來回撥弄著一根長雪茄，一面瞪著雪茄，一面咆哮道：「就是強烈信心反應的特徵。除非受到很大的震撼，這種信念不口，主要是爲了激勵他的勇氣——部分原因也是爲我自己打氣。可是，藍度，假使我的數學工具夠好，那麼單單從小丑身上，我就能對騾進行完整的分析。這樣我們就能解開他的謎，也就能解答那些困擾著我的反常異象。」

「比如說？」

「老兄，想想看。騾隨隨便便就能打敗基地的艦隊，而獨立行商的艦隊雖然遠比不上基地，但在硬碰硬的戰役中，騾卻從來無法迫使他們撤退。基地不堪一擊就淪陷了；獨立行商面對騾的所有兵力，卻仍然能負嵎頑抗。騾首先使用抑制場對付涅蒙的獨立行商，破壞了他們的核能武器。由於措手不及，他們那次吃了敗仗，卻也學到如何對付抑制場。從此，他再用那種新武器對付獨立行商，就再也沒有討過便宜。

「可是每當他用抑制場對付基地艦隊，卻一而再、再而三屢試不爽。它甚至還在端點星上發威。這究竟是爲什麼？據我們目前掌握的情報，這簡直不合邏輯。所以說，必定還有我們不明白的因素。」

「出了叛徒嗎？」

「藍度，這是最不用大腦的胡說八道。簡直是×××的廢話。基地上人人認爲勝利站在自己這邊，誰會背叛一個必勝的贏家？」

藍度走到弧形窗前，瞪著窗外什麼也看不見的一片漆黑。他說：「但是我們現在輸定了，縱使騾有一千個弱點，縱使他百孔千瘡……」

他並沒有轉身。但是他傴僂著背，而且背後的雙手不安地互握著，在在都是肢體語言。他繼續說：「艾布林，時光穹窿那場變故發生後，我們輕易逃了出來。其他人也應該能逃脫，卻只有少數人做到，大多數人都沒有逃。而只要有一流的人才和足夠的時間，應該就能發明出對付抑制場的裝置。基地艦隊的所有星艦，應該都能像我們這樣，飛到赫汶或附近的行星繼續作戰。但這樣做的百分之一也沒有，事實上，他們都投奔敵營了。

「這裡大多數人似乎都對基地的地下組織期望甚高，但目前爲止，他們根本沒有什麼行動。騾是足夠精明的政治人物，他已經保證會保護大行商們的財產和利益，所以他們都向他輸誠了。」

艾布林．米斯以頑強的口氣說：「財閥一向都是我們的死對頭。」

「他們也一向都掌握著權力。艾布林，聽好。我們有理由相信，騾或者他的爪牙，已經和獨立行商中的重要人物接觸。在二十七個行商世界中，已知至少有十個已經向騾靠攏，另外可能還有十個正在動搖。而在赫汶這裡，也有一些重要人物會歡迎騾的統治。只要放棄岌岌可危的政治權力，就能保有原先的經濟實力，這顯然是一種不可抗拒的誘惑。

「你認爲赫汶無法抵抗騾的侵略嗎？」

「我認爲赫汶不會抵抗。」藍度將佈滿愁容的臉轉過來，面對著心理學家。「我認爲赫汶在等著投降。我今晚找你來，就是要告訴你這件事。我要你離開赫汶。」

艾布林．米斯大吃一驚，圓嘟嘟的臉龐脹得更圓。「現在就走？」

藍度感到極度的疲倦。「艾布林，你是基地最偉大的心理學家。眞正的心理學大師都隨著謝頓一起逝去，如今你就是這門學問的權威。想要擊敗騾，你是我們唯一的機會。你在這裡不會有任何進展，你必須到帝國僅存的領域去。」

「去川陀？」

「是的。昔日的帝國如今僅剩最後的殘骸，但是一定還有些什麼藏在它的核心。艾布林，那裡投降聲明……杜倫那個年輕人，將騾的小丑背在肩上，從側門一溜煙地消失……

至於他自己，後來也總算逃離現場，卻發現他的車子無法發動。

他擠在城外的盲流群衆中，左衝右撞一路向前走——目的地不明。

他盲目地摸索著各種「老鼠窩」——民主地下組織的大本營。這個地下組織發展了八十年，如今卻逐漸銷聲匿跡。

所有的老鼠窩都唱著空城計。

第二天，時時可見黑色的異邦星艦出現在天空，並緩緩降落在城內建築群中。無助與絕望的感覺鬱積在漢．普利吉上尉心頭，令他愈來愈沉重。

他急切地開始了他的旅程。

三十天內，他幾乎徒步走了二百哩。他在路邊發現一個剛死的屍體，那是一名水耕廠工人，便將工人制服剝下來換上。此外，他還留了濃密的紅褐色絡腮鬍……

而且找到了地下組織的餘黨。

地點是牛頓市一個原本相當高雅的住宅區，如今卻愈來愈骯髒污穢。那棟房子與左鄰右舍沒有任何不同，狹窄的房門口，有個精瘦的男子站在那裡一動不動。那人有一對小眼睛，骨架很大，肌肉盤虬，兩手握拳插在口袋裡。

上尉喃喃道：「我來自米蘭。」

那人繃著臉，答了另一句暗語：「米蘭今年還早。」

上尉又說：「不比去年更早。」

那人卻依然擋在門口，問道：「你到底是什麼人？」

「難道你不是『狐狸』嗎？」

「你總是用問句來回答別人的問話嗎？」

上尉淺淺地吸了一口氣，然後鎮定地說：「我是漢．普利吉，基地艦隊的上尉軍官，也是民主地下黨黨員。你到底要不要讓我進去？」

「狐狸」這才向一旁讓開，並說：「我的本名叫歐如姆．波利。」

他伸出手來，上尉趕緊握住他的手。

屋內十分整潔，但裝潢並不奢華。角落處擺著一個裝飾用的書報投影機，上尉訓練有素的眼睛立刻看出是一種僞裝，它很可能是一挺口徑很大的機銃。投影機的「鏡頭」剛好對著門口，而且顯然可以遙控。

「狐狸」尋著大鬍子客人的目光看去，露出僵硬的笑容。他說：「沒錯！不過當初裝設這玩意，是爲了伺候茵德布爾和他豢養的那些吸血鬼。它根本無法對付騾，不是嗎？沒有任何武器能夠對付騾。你餓不餓？」

上尉的下巴在大鬍子底下暗暗抽動，然後他點了點頭。

「請稍等，只要一分鐘就好。」「狐狸」從櫥櫃中拿出幾個罐頭，將其中兩個擺到普利吉上尉面前。「把你的手指放在上面，感覺到夠熱的時候，就可以打開來吃。我的加熱控制器壞掉了。這種事能提醒你如今正在打仗——或者說剛打過仗，不是嗎？」

「狐狸」急促地說著愉悅的話語，可是口氣一點也不愉悅——他的眼神也很冷淡，透露著重重心事。他在上尉對面坐下，又說：「假如我對你感到絲毫疑慮，你的座位上就只剩下一團焦痕了。知道嗎？」

上尉並沒有回答。他輕輕一壓，罐頭就自動打開了。

「狐狸」趕緊說：「是濃湯！抱歉，但目前糧食短缺。」

「我知道。」上尉說。他吃得很快，一直沒有抬起頭來。

「狐狸」說：「我見過你一次。我正在搜索記憶，可是鬍子絕對不在我的記憶中。」

「我有三十天沒刮鬍子了。」然後，他怒吼道：「你到底要什麼？我的暗語全部正確，我也有身分證明文件。」

對方卻擺擺手。「喔，我相信你是普利吉沒錯。可是最近有許多人，他們不但知道正確的暗語、具有身分證明文件，而且明明就是那個人——但是他們都投效了騾。你聽說過雷福嗎？」

「聽說過。」

「他投效了騾。」

「什麼？他……」

「沒錯。大家都稱他爲『寧死不屈』。」「狐狸」做了一個大笑的口形，既沒有聲音也沒有笑意。「還有威利克，投效了騾！蓋雷和諾斯，投效了騾！普利吉又有何不可？我怎麼能肯定呢？」

上尉卻只是搖搖頭。

「不過這點並不重要。」「狐狸」柔聲地說。「如果諾斯叛變了，他們就一定知道我的名字——所以你若仍是同志，我們如今見了面，你今後的處境會比我更危險。」

上尉終於吃完了，他靠著椅背說道：「如果你這裡沒有組織，我要到哪裡才能找到組織？基地或許已經投降，但是我還沒有。」

「有道理！上尉，你不能永遠流浪。如今，基地公民若想出遠門，必須具備旅行許可證，你知道嗎？而且還需要身分證，你有嗎？此外，凡是基地艦隊的軍官，都要到最近的佔領軍司令部報到。包括你在內，對嗎？」

「沒錯。」上尉的聲音聽來很堅決，「你以爲我逃跑是因爲害怕嗎？當初卡爾根被騾攻陷之後，不久我就到了那裡。一個月之內，前任統領手下的軍官通通遭到監禁，因爲若有任何叛亂，他們便是現成的軍事指揮官。地下組織一向明白一個道理：倘若不能至少控制一部分艦隊，革命就不可能成功。騾本人顯然也瞭解這一點。」

「狐狸」若有所悟地點點頭。「分析得合情合理，騾做得很徹底。」

「我在第一時間就把制服丟棄，並且留起鬍子。其他人後來可能也有機會採取同樣的行動。」

「你結婚了嗎？」

「我的妻子去世了，我們沒有子女。」

「這麼說，你沒有親人能充當人質。」

「沒錯。」

「你想聽聽我的忠告嗎？」

「只要你有。」

「我不知道騾的策略，也不知道他的意圖，不過目前爲止，技工都沒有受到任何傷害。而且工資還提高了，各種核武器的生產量也突然暴漲。」

「是嗎？聽來好像準備繼續侵略。」

「我不知道。騾是婊子養的老狐狸，他這麼做，也許只是要安撫工人，希望他們歸順。假如連謝頓也無法用心理史學預測騾的行徑，我可不要自不量力。但你剛好穿著工人制服，這倒提醒了我們，對不對？」

「我並不是技工。」

「你在軍中修過核子學這門課吧？」

「當然修過。」

「那就夠了。『核場軸承公司』就在這座城裡，你去應徵，告訴他們說你有經驗。那些當年幫茵德布爾管理工廠的混蛋，目前仍舊是工廠的負責人——爲騾在效命。他們不會盤問你的，因爲他們亟需更多的工人，幫他們謀取更大的暴利。他們會發給你一張身分證，你還能在員工住宅區申請到一間宿舍。你現在就趕緊去吧。」

就是這樣，原屬國家艦隊的漢·普利吉上尉搖身一變，成了「核場軸承公司四十五廠」的防護罩技工羅·莫洛。他的身分從情報員，滑落成一名「謀反者」——由於這個轉變，導致他在幾個月後，進入茵德布爾的私人花園。

在花園中，普利吉上尉看了看手中的輻射計。官邸內的「警報場」仍在運作，他只好耐心等待。他嘴裡的那顆核彈只剩下半小時的壽命，他不時用舌頭小心翼翼撥弄著。

輻射計終於變成一片不祥的黑暗，上尉趕緊向前走。

直到目前爲止，一切進行得很順利。

他冷靜而客觀地尋思，核彈剩下的壽命與自己的剛好一樣，它的死亡等於自己的死亡——同時也是騾的死亡。

而那一瞬間，爲期四個月的個人戰爭將達到最高潮。他剛開始逃亡，這場戰爭便已展開，等到進了牛頓工廠……

整整兩個月，普利吉上尉穿著鉛質的圍裙，戴著厚重的面罩。不知不覺間，他外表的軍人本色被磨光了。如今他只是一名勞工，靠雙手掙錢，晚上在城裡消磨時間，而且絕口不談政治。

整整兩個月，他沒有再見到「狐狸」。

然後，有一天，某人在他的工作台前絆倒，他的口袋就多了一張小紙片，上面寫的是「狐狸」兩字。他順手將紙片扔進核能焚化槽，然後繼續工作。紙片立時消失無蹤，產生了相當於一毫微伏特的能量。

那天晚上，他來到「狐狸」家，見到另外兩位久仰大名的人物。不久，四個人便玩起撲克牌。

他們一面打牌，讓籌碼在大家手中轉來轉去，一面開始閒聊起來。

上尉說：「這是一個根本的錯誤。你們仍舊活在早已消失的過去。八十年來，我們的組織一直在等待正確的歷史時刻。我們盲目信仰謝頓的心理史學——它最重要的前提之一，就是個人行爲絕對不算數，絕不足以創造歷史。因爲複雜的社會和經濟巨流會將他淹沒，使他成爲歷史的傀儡。」

他細心地整理手中的牌，估計了一下這副牌的點數，然後扔出一個籌碼，並說：「何不乾脆殺掉騾？」

「好吧，這樣做有什麼好處？」坐在他左邊那人兇巴巴地問。

「你看，」上尉丟出兩張牌，然後說：「就是這種態度在作祟。一個人只是銀河人口的千兆分之一，不可能因爲一個人死了，銀河系就會停止轉動。但騾卻不是人，他是個突變種。他已經顛覆了謝頓的計畫，如果你願意分析其中的涵義，會發現這意味著他——一個突變種——推翻了謝頓整個的心理史學。他若從未出世，基地不可能淪陷。他若從世上消失，基地就不會繼續淪陷。

「想想看，民主份子和市長以及行商鬥了八十年，總是採取溫和間接的方式。讓我們試試暗殺門應聲而開，隨即射出眩目的光線。

普利吉上尉錯愕片刻，隨即恢復鎮定。一名外表嚴肅、身穿暗黑色制服的男子，站在小房間正中央，氣定神閒地抬起頭來。

那人身前吊著一個魚缸，他隨手輕輕敲了一下，魚缸就迅速搖晃起來，把那些色彩艷麗的名貴金魚嚇得上下亂竄。

他說：「上尉，進來！」

上尉的舌頭打著顫，舌頭下面的小金屬球彷彿開始膨脹——他也知道這是不可能的事。但是無論如何，核彈的生命已經進入最後一分鐘。

穿制服的人又說：「你最好把那顆無聊的藥丸吐出來，否則你沒辦法說話。它不會爆炸的。」

最後一分鐘過去了，上尉怔怔地慢慢低下頭，將銀色小球吐到手掌上，然後使盡力氣擲向牆壁。一下細微尖銳的叮噹聲之後，小球從半空中反彈回來，在光線照耀下閃閃生輝。

穿制服的人聳聳肩。「好啦，別理會那玩意了。上尉，它無論如何對你沒有好處。抱歉我並不是騾，在你面前的只是他的總督。」

「你是怎麼知道的？」上尉以沙啞的聲音喃喃問道。

「只能怪我們的反間系統效率高超。你們那個小小的叛亂團體，我唸得出每一個成員的名字，還數得出你們每一步的計畫……」

「而你一直不採取行動？」

「有何不可？我在此地最重要的任務之一，就是要把你們這些人揪出來。尤其是你。幾個月前，你還是『牛頓軸承廠』的工人，那時我就可以逮捕你，但是現在這樣更好。即使你自己沒有想出這個計畫，我的手下也會有人提出極為類似的建議。這個結局十分戲劇化，算得上是一種黑色幽默。」

上尉以凌厲的目光瞪著對方。「我有同感，現在是否一切都結束了？」

「好戲剛剛開始。來，上尉，坐下來。讓我們把成仁取義那一套留給那些傻瓜。上尉，你非常有才幹。根據我的情報，你是基地上第一個瞭解到騾有超凡能力的人。從那時候開始，你就對騾的早年發生了興趣，不顧一切蒐集他的資料。拐走騾的小丑那件事你也有份，對了，小丑至今還沒有找到，為了這件事，我們還要好好算個總帳。當然，騾也瞭解你的才幹；有些人會害怕敵人太厲害，但騾可不是那種人，因為他有化敵為友的本領。」

「所以你現在還對我那麼客氣？喔，不可能！」

「喔，絕對可能！這就是今晚這齣喜劇的眞正目的。你是個聰明人，可是你對付騾的小小陰謀卻失敗得很滑稽。你甚至不配稱之為陰謀。在毫無勝算的情況下白白送死，這就是你所接受的軍事教育嗎？」

「首先必須確定是否眞的毫無勝算。」

「當然確定。」總督以溫和的口氣強調，「騾已經征服了基地。為了達成更偉大的目標，他立刻將基地變成一座兵工廠。」

「什麼更偉大的目標？」

「征服整個銀河系，將四分五裂的眾多世界統一成新的帝國。你這個冥頑不靈的愛國者，騾正是要實現你們那個謝頓的夢想，只不過比他的預期提早七百年。而在實現的過程中，你可以幫助我們。」

「我一定可以，但是我也一定不肯。」

「據我瞭解，」總督勸道：「只剩三個獨立行商世界還在作困獸鬥，但不會支撐太久的。他們是基地體系的最後一點武力。你還不肯認輸嗎？」

「沒錯。」

「你終究會的。心悅誠服的歸順是最有效的，但其他方式也有異曲同工之妙。可惜騾不在這裡，他正照例率領大軍征討頑抗的行商。不過他和我們一直保持聯絡，你不需要等太久。」

「等什麼？」

「等他來使你『回轉』。」

「那個騾，」上尉以冰冷的口氣說：「會發現他根本做不到。」

「不會的，我自己就無法抗拒。你認不出我了嗎？想一想，你到過卡爾根，所以一定見過我。我那時戴單片眼鏡，穿著一件毛皮裡的深紅色禮服，頭上戴著一頂高筒帽……」

上尉感到一陣寒意，全身僵硬起來。「你就是卡爾根的統領？」

「是的，但我現在是騾的麾下一名忠心耿耿的總督。你看，他的感化力量多強大。」

21 星空插曲

他們成功地突破了封鎖。從來不曾有任何艦隊，能滴水不漏地監視廣袤的太空中每一個角落、每一寸空隙。只要有一艘船艦，一名優異的駕駛，再加上中等的運氣，應該就能找到漏洞突圍而出。

杜倫鎮定地駕著狀況欠佳的太空船，從一顆恆星附近躍遷到另一顆恆星周圍。若說恆星的質量會使星際躍遷困難重重且後果難料，它也會令敵人的偵測裝置失靈，或者幾乎無法使用。

一旦衝出敵方星艦形成的包圍網，就等於穿越遭到封鎖的死寂太空——在次乙太也被嚴密封鎖的情況下，沒有任何訊息往返其間。三個多月來，杜倫第一次不再感到孤獨。

一個星期過去了，敵方的新聞節目總是播報無聊且自我吹噓的戰爭捷報，詳述敵方對基地體系控制的進展。在這一星期中，杜倫的武裝太空商船歷經數次匆促的躍遷，從銀河外緣一路向核心進發。

艾布林．米斯在駕駛艙外大聲叫嚷，正在看星圖的杜倫眨眨眼睛，站了起來。

「怎麼回事？」杜倫走進中央那間小艙房。由於乘客過多，貝泰已將這間艙房改裝成起居艙。

米斯搖了搖頭。「我若知道才有鬼呢。騾的播報員正要報導一則特殊戰報，我想你也許希望聽聽。」

「也好。貝泰呢？」

「她在廚艙裡忙著佈置餐桌、研究菜單——或者諸如此類的無聊事。」

杜倫在馬巨擘睡的便床上坐下來等著。騾的「特殊戰報」幾乎使用千篇一律的宣傳手法。首先

「但究竟爲什麼？爲什麼呢？」

心理學家搖搖頭。「這是那個大問號中的一個小環節。每一項不可思議的疑點，都是解開騾眞面目的一個線索。第一點，當獨立行商世界仍在頑抗時，他如何能一舉征服基地，而且幾乎兵不血刃。那種抑制核反應的武器，其實根本微不足道——這件事我們曾經一再地討論，我都快要煩死了——而且，那種武器只有對付基地時才有效。」

「我曾經向藍度提出一個假設，」艾布林灰白的眉毛皺在一起，「騾可能有一種輻射式『意志抑制器』。赫汶可能就是受到這種東西的作用。可是，爲什麼不用它來對付涅蒙和伊斯呢？那兩個世界如今還在瘋狂地拚命抵抗，除了騾原有的兵力，還需要動用基地艦隊的半數才能打敗他們。是的，我注意到基地的星艦也在攻擊陣容中。」

貝泰小聲說：「先是基地，然後是赫汶。災難似乎一直跟著我們，我們卻總是在千鈞一髮之際逃脫。這種事會一直持續下去嗎？」

艾布林·米斯並沒有注意聽，他好像正在跟自己進行討論。「可是還有另一個問題——另一個問題。貝泰，你還記得一則新聞嗎？他們在端點星沒有找到騾的小丑，懷疑他逃到了赫汶，或是被原來綁架他的人帶去那裡。貝泰，他似乎始終很重要，但我們還沒有找到原因。馬巨擘一定知道什麼事，會對騾造成致命傷。我可以肯定這一點。」

馬巨擘已經臉色煞白，全身打顫。他爲自己辯護道：「偉大的先生……尊貴的大爺……眞的，我發誓，我這個不靈光的腦袋，沒法子滿足您的要求。我已經知無不言，言無不盡。而且，您還用了探測器，從我的笨腦袋抽出我所知道的一切，還包括我自己以爲不知道的事。」

「我知道……我知道。我指的是一件小事，一個很小的線索，以致你我都未能察覺它的本質。

但我必須把它找出來——因爲涅蒙和伊斯很快就會淪陷，到那個時候，整個基地體系就只剩下我們幾個了。」

進入銀河核心區域之後，恆星開始變得密集而擁擠。各星體的重力場累加起來，達到了相當的強度，對星際躍遷產生了不可忽略的微擾。

直到某次躍遷後，太空船出現在一顆紅巨星的烈焰中，杜倫方才察覺這個危機。他們不眠不休奮戰了十二個小時，才終於掙脫強大的重力場，逃離了這顆紅巨星的勢力範圍。

由於星圖的範圍有限，而且不論是操作太空船，或是進行航道的數學演算，杜倫都缺乏足夠的經驗，他只好在每次躍遷之前，花上幾天的功夫仔細計算。

後來，這個工作變成一項團隊行動。艾布林．米斯負責檢查杜倫的數學計算；貝泰負責利用各種方法測試可能的航道；就連馬巨擘都有事可做，他負責利用計算機做例行運算——學會如何操作後，這份工作爲馬巨擘帶來極大的樂趣，而且他做得又快又好。

大約一個月之後，貝泰已經能從「銀河透鏡」的三維模型中，研讀蜿蜒曲折的紅色航道。根據這個航道，他們距離銀河中心已經不遠。她以諷刺的口吻開玩笑說：「你知道它像什麼嗎？像是一條十呎長的蚯蚓，還患了嚴重的消化不良症。我看，你遲早會帶我們回赫汶去。」

「我一定會的，」杜倫沒好氣地說，同時把星圖扯得嘎嘎作響。「除非你給我閉嘴。」

「提到這點，」貝泰繼續說：「也許有一條直線的航道，就像子午線那麼直。」

「是嗎？嗯，首先，你這個小傻瓜，如果僅用嘗試錯誤的辦法，至少需要五百艘船艦，花五百年的時間才找得到這種航道。我用的這些廉價的三流星圖，上面根本沒有顯示。此外，這種直線航道最好盡量避開，途中也許擠滿了敵艦。還有……」

「嗯——嗯，我們會好好檢查。」他點了點頭，立刻有兩個人開始行動。杜倫並沒有試圖阻止。

「你們爲什麼進入菲利亞的領域？」菲利亞艦長的眼神變得不太友善。

「我們根本不知道。我沒有適用的星圖。」

「未攜帶詳細星圖，依法得繳一百信用點的罰金。此外，當然，你們還得繳交關稅，以及其他的費用。」

他又對著麥克風說了幾句——但這次聽的比說的更多。然後，他對杜倫道：「你懂得核工嗎？」

「一點點。」杜倫謹慎地回答。

「是嗎？」菲利亞艦長闔起卷宗，補充道：「銀河外緣的人，據說都有這方面的豐富知識。穿上外衣，跟我們來。」

貝泰向前走一步。「你們準備對他怎麼樣？」

杜倫輕輕將她推開，再以冷靜的口氣問：「你要我到哪裡去？」

「我們的發動機需要做一點調整。他也要跟你一塊來。」他伸出的手指不偏不倚指著馬巨擘，

小丑頓時哭喪著臉，褐色的眼睛睜得老大。

「他和修發動機有什麼關係？」杜倫厲聲問道。

艦長冷冷地抬起頭來。「據報，這附近的星空有強盜出沒。其中一名兇徒的形容跟他有點相像。我得確定一下他的身分，這純粹是例行公事。」

杜倫仍在猶豫，但六個人加六把手銃卻極具說服力。他只好到壁櫃去拿衣服。

一個小時後，他從菲利亞緝私艦的地板上站起來，怒吼道：「我看不出發動機有任何問題。匯流條的位置正確，L型管輸送正常，核反應分析也都合格。誰是這裡的負責人？」

首席工程師輕聲回答：「我。」

「好，那你送我出去——」

他被帶到軍官甲板，來到一間小小的會客室，裡面只有一個低階的少尉軍官。

「跟我一起來的人在哪裡？」

「請等一等。」少尉說。

十五分鐘後，馬巨擘也被帶到會客室。

「他們對你做了什麼？」杜倫急促地問。

「沒有，什麼都沒有。」馬巨擘緩緩搖了搖頭。

依照菲利亞的法律，他們總共付了二百五十信用點——其中有五十點是「立即釋放金」。破財消災後，他們重新回到自由的星空。

貝泰勉強笑了幾聲，並說：「我們不值得他們護送一下嗎？難道不該將我們送到邊境，再一腳把我們踢走嗎？」

杜倫繃著臉答道：「那根本不是什麼菲利亞緝私艦——我們暫時還不準備離開。你們過來這裡。」

大家都聚到他身邊。

他餘悸猶存地說：「那是一艘基地星艦，那些人都是騾的手下。」

艾布林手中的雪茄立刻掉到地板上，他俯身撿起來，然後說：「這裡有基地星艦？我們距離基貝泰不解地問道：「那麼這究竟是怎麼回事？」

小丑熱切地面對著她。「我親愛的女士，我有一個理論。它是突如其來的靈感，彷彿是銀河聖靈想好了，再輕輕帶進我心中。」他刻意提高聲音，以便壓下杜倫半途插入的抗議。「我親愛的女士，」他完全是對著貝泰一個人說話，「假如這位上尉和我們一樣，也是駕著太空船逃跑；假如他和我們一樣，也是為了某個目的而在太空奔波；假如他是突然撞見我們的——他就會懷疑是我們在跟蹤他，而且想要偷襲他，就像我們懷疑他一樣。那麼他自導自演了這齣戲，又有什麼難以解釋的呢？」

「可是，他要我們去他的星艦幹什麼？」杜倫追問：「這說不通。」

「啊，說得通，說得通。」小丑大叫大嚷，辯才無礙。「他派出一名手下，那人並不認識我們，但他卻利用麥克風，向上尉描述我們幾個的長相。上尉一聽到他對我的描述，一定立刻大吃一驚——因為說句老實話，儘管銀河這麼大，長得像我這個皮包骨的卻沒幾個。既然認出我來，您們其他人的身分也就確定了。」

「所以他就放我們走了？」

「對於他正在進行的任務，還有他的祕密，我們又知道多少？他既然查出我們並非敵人，又何必讓自己的身分曝光，讓自己的計畫橫生變數呢？」

貝泰緩緩說道：「杜，別再固執了。他說的都有道理。」

「很有可能。」米斯附和道。

面對大家一致的反對，杜倫似乎無可奈何。在小丑滔滔不絕的解釋中，仍有一點什麼困擾著他；一定有什麼不對勁的地方。但是他也說不出所以然來，而且無論如何，他的怒氣已經消了。

「有那麼幾分鐘，」他輕聲道：「我還以為至少能打下一艘騾的星艦。」

他隨即想到赫汶的淪陷，目光不禁黯淡下來。

其他三人都能瞭解他的心情。

他們周遭仍保存著完善的機械設備，以及人類爲對抗大自然而製造的精良工業產品。於是，他們重新回到土地的懷抱。在大型交通要衝上，種植起小麥與玉米；在高塔的陰影下，放牧著成群的綿羊。

反觀新川陀——當初在川陀巨大的陰影下，這顆行星只能算偏遠的鄉村。後來那個走投無路的皇室，從「大浩劫」的烽火中倉皇逃離，來到這個最後的避難所——在這裡勉強支撐下去，直到叛亂的風潮終於平息。如今，皇室仍在此地做著虛幻的帝王夢，統治著帝國最後一點可憐兮兮的殘軀。

二十個農業世界，組成當今的銀河帝國！

達勾柏特九世乃是銀河的皇帝、宇宙的共主。他統治著這二十個農業世界，以及那些桀驁難馴的地主與民風強悍的農民。

在那個腥風血雨的日子，達勾柏特九世跟隨父皇來到新川陀，當時他才二十五歲。如今，他的雙眼與心靈仍充滿著昔日帝國的光榮和強盛。但是他的兒子——未來的達勾柏特十世，則出生在新川陀。

二十個世界，就是他所認識的一切。

裘德·柯瑪生所擁有的敞篷飛車，是新川陀同類交通工具中最高級的一部；它的外表髹著珍珠色塗料，還鑲著稀有合金的裝飾，根本無需掛上任何代表主人身分的徽章——這當然其來有自。並非由於柯瑪生是新川陀最大的地主，那樣想是倒因爲果。早年，他是年輕皇儲的玩伴與「守護神」，當時皇儲對中年的皇帝就充滿叛逆的情緒。如今，他則是中年皇儲的玩伴與「守護神」，而皇儲早已騎在老皇帝頭上，並且恨透了他。

袞德．柯瑪生正坐在自己的飛車上，巡視著他名下的大片土地，以及綿延數哩、隨風搖曳的麥子，以及許多巨型打穀機與收割機，以及眾多佃農與農機操作工——通通都是他的財產。他一面巡視，一面認眞思考自己的問題。

在柯瑪生身邊，坐著他的專用司機。那名司機彎腰駝背，身形憔悴，他駕著飛車輕緩地乘風而上，臉上則一直帶著笑容。

袞德．柯瑪生迎著風，對著空氣與天空說：「殷奇尼，你還記得我跟你講的事嗎？」

殷奇尼所剩無幾的灰髮被風吹了起來。他咧開薄薄的嘴唇，露出稀疏的牙齒，兩頰上的垂直皺紋加深許多。好像他從來不知道，自己的笑容比哭更難看。當他輕聲說話的時候，齒縫間傳出陣陣的咻咻聲。

「老爺，我記得，我也仔細想過了。」

「殷奇尼，你想到什麼呢？」這句問話明顯帶著不耐煩的意思。

殷奇尼沒忘記自己曾經年輕英俊過，並且是舊川陀的一名貴族。殷奇尼也記得，他到達新川陀的時候就已經破了相，而且未老先衰。由於大地主袞德．柯瑪生的恩典，他才得以苟活下來。爲了報答這份大恩大德，他隨時提供各式各樣的鬼點子。想到這裡，他輕輕嘆了一口氣。

他又小聲地說：「老爺，基地來的那些訪客，我們輕而易舉就能拿下。尤其是，老爺，他們只有一艘太空船，又只有一個能動武的人。我們可得好好歡迎他們。」

「歡迎？」柯瑪生以沮喪的口吻說：「也許吧。不過那些人都是魔術師，可能威力無比。」

「呸，」殷奇尼喃喃道：「所謂距離產生幻象。基地只是個普通的世界，它的公民也只是普通人。如果拿武器轟他們，他們照樣一命嗚呼。」

切順利，我們就繼續討論還你自由的細節問題。」

似乎是冥冥之中自有定數，柯瑪生剛回到家，就在他的書房發現了一個私人信囊。它是以極少數人知道的波長傳送來的。柯瑪生的肥臉露出微笑。騾的手下快要到了，這代表基地眞的淪陷了。

貝泰朦朧的視覺，依然殘留著那座「宮殿」的影像，蓋過了她現在看到的眞實景象。在她內心深處，彷彿感到有點失望。那個房間很小，幾乎可說既樸素又平凡。那座「宮殿」甚至比不上基地的市長官邸。而達勾柏特九世……

皇帝究竟應該像什麼樣子，貝泰心中有個明確的概念。他不應該好像一位慈祥的祖父，不應該顯得瘦削、蒼白而衰老——也不該親自爲客人倒茶，或是對客人表現得過分慇切。

事實卻剛好相反。

貝泰抓穩茶杯，達勾柏特九世一面爲她倒茶，一面咯咯笑著。

「親愛的女士，我感到萬分高興。我有一陣子沒參加慶典，也沒有接見廷臣了。如今，來自外圍世界的訪客，我已經沒有機會親自歡迎。因爲我年事已高，這些瑣事已交給太子處理。你們還沒有見過太子嗎？他是個好孩子。或許有點任性，不過他還年輕。要不要加一個香料袋？不要嗎？」

杜倫試圖插嘴。「啓稟陛下……」

「什麼事？」

「啓稟陛下，我們並不是要來打擾您……」

「沒有這回事，絕不會打擾我的。今晚將爲你們舉行迎賓國宴，不過在此之前，我們可以隨意。我想想，你們剛才說是從哪裡來的？我們好像很久沒有舉行迎賓國宴了。你們說來自安納克里昂星省嗎？」

「啓稟陛下，我們是從基地來的！」

「是的，基地，我現在想起來了。我知道它在哪裡，它位於安納克里昂星省。我從來沒有去過那裡，御醫不允許我做長途旅行。我不記得安納克里昂總督最近曾有任何奏章。那裡的情況怎麼樣？」他以關切的口吻問道。

「啓稟陛下，」杜倫含糊地說：「我沒有帶來任何申訴狀。」

「那實在太好了，我要嘉獎那位總督。」

杜倫以無奈的眼光望著艾布林・米斯，後者粗率的聲音立刻響起。「啓稟陛下，我們聽說必須得到您的御准，才能參觀位於川陀的帝國圖書館。」

「川陀？」老皇帝柔聲問道：「川陀？」

然後，他瘦削的臉龐顯現一陣茫然的痛苦。「川陀？」他細聲說；「我現在想起來了。我正在進行一個軍事反攻計畫，準備率領龐大的艦隊打回川陀。你們跟我一起去，讓我們並肩作戰，打垮吉爾模那個叛徒，重建偉大的帝國！」

他傴僂的脊背挺直了，他的聲音變得洪亮，一時之間，他的目光也轉趨淩厲。然後，他眨了眨眼睛，又輕聲說：「可是吉爾模已經死了。我好像想起來──沒錯，沒錯！吉爾模已經死了！川陀也死了──目前似乎就是如此──你們剛才說是從哪裡來的？」

馬巨擘忽然對貝泰耳語道：「這個人眞的就是皇帝嗎？我以爲皇帝應該比普通人更偉大、更英明。」

貝泰揮手示意他閉嘴，然後說：「倘若陛下能爲我們簽一張許可狀，准許我們到川陀去，對雙兩人一起哈哈大笑。貝泰的血液都快凝結了，達勾柏特——殿下——老皇帝曾經提到他有一個任性的太子。這時，貝泰已能體會剛才那段對話的含意。可是在現實生活中，不應該發生這種事……

她聽到一陣緩慢而激動的咒罵，那是杜倫的聲音。

她張開眼睛，發現杜倫正在瞪著她。杜倫顯得放心了一點，又用兇狠的口氣說：「你們這種強盜行徑，我們會請陛下主持公道。放開我們。」

直到現在，貝泰才發覺自己的手腕被強力吸附場固定在牆上，腳踝也被地板緊緊吸住。

聲音嘶啞的男子向杜倫走近。他挺著一個大肚子，頭髮稀疏，眼袋浮腫，還有兩個黑眼圈。他穿著由銀色發泡金屬鑲邊的緊身上衣，戴著一頂有遮簷的帽子，上面還插著一根俗麗的羽毛。

他冷笑一聲，彷彿聽到了最有趣的笑話。「陛下？那個可憐的瘋老頭？」

「我有他簽署的通行證。任何臣民都不得妨礙我們的自由。」

「你這太空飛來的垃圾，我可不是什麼臣民。我是攝政兼皇儲，你得這樣稱呼我。至於我那既可憐又癡呆的老子，他喜歡偶爾見見訪客，我們也就隨他去玩。這能讓他重溫一下虛幻的帝王夢。但是，當然沒有其他意義。」

然後他來到貝泰身前，貝泰抬起頭，以不屑的眼光瞪著他。皇儲俯下身，他的呼吸中有濃重的薄荷味。

他說：「柯瑪生，她的眼睛真標緻——她睜開眼睛更漂亮了。我想她會令我滿意。這是一道能令我胃口大開的異國佳餚，對嗎？」

杜倫徒勞無功地掙扎了一陣子，皇儲根本不理會他，貝泰則感到體內湧出一股寒意。艾布林·

米斯仍然昏迷，他的頭無力地垂到胸前，可是馬巨擘的眼睛卻張開了，令貝泰感到有些訝異。她注意到馬巨擘的眼睛張得很大，彷彿已經醒來好一陣子。他那對褐色的大眼珠轉向貝泰，透過呆滯的表情凝望著她。

他將頭撇向皇儲，一面點頭，一面嗚咽道：「那傢伙拿走了我的聲光琴。」

皇儲猛然一轉身。「醜八怪，這是你的嗎？」他將背在肩上的樂器甩到手中，貝泰這才注意到，他肩上的綠色帶子就是聲光琴的吊帶。

他笨手笨腳地撥弄著聲光琴，想要按出一個和弦，卻沒有弄出半點聲響。「醜八怪，你會演奏嗎？」

馬巨擘點了一下頭。

杜倫突然說：「你劫持了一艘基地的太空船。即使陛下不替我們討回公道，基地也會的。」

另外那個人——柯瑪生，此時慢條斯理地答道：「什麼基地？還是騾已經不叫騾了？」

沒有人回答這個問題。皇儲咧嘴一笑，露出又大又參差不齊的牙齒。他關掉小丑身上的吸附場，使勁推他站起來，又將聲光琴塞到他手中。

「醜八怪，為我們演奏一曲。」皇儲說：「為我們這位異邦美人，演奏一首愛和美的小夜曲。讓她知道我父親的鄉下茅舍並不是宮殿，但我能帶她到眞正的宮殿去，在那裡，她可以在玫瑰露中游泳——她將知道太子的愛是如何熾烈。醜八怪，為太子的愛高歌一曲。」

他將一隻粗壯的大腿放在大理石桌上，小腿來回搖晃著，並帶著輕浮的笑意瞪著貝泰，令貝泰心中升起一股怒火。杜倫使盡力氣設法掙脫吸附場，累得汗流浹背，一臉痛苦的表情。艾布林·米斯忽然動了動，發出一聲呻吟。

那兩個人看到的一樣？」

「但願不一樣。我只想讓他們兩人看見。如果您看到了什麼，那只是瞥見邊緣的一點點——而且還是遠遠瞥見。」

「那就夠嗆了。你可知道，你把太子弄得昏迷不醒？」

馬巨擘嘴裡含著一大塊派，以模糊卻冷酷的聲音說：「我親愛的女士，我把他給殺了。」

「什麼？」貝泰痛苦地吞下一口口水。

「當我停止演奏的時候，他就已經死了，否則我還會繼續。我並沒有理會那個柯瑪生，他對我們最大的威脅，頂多是死亡或酷刑。可是，我親愛的女士，那個太子卻用淫邪的眼光望著您，而且……」他又氣又窘，頓時語塞了。

貝泰心中興起好些奇怪的念頭，她斷然把它們壓下去。「馬巨擘，你眞有一副俠義心腸。」

「喔，我親愛的女士。」他將紅鼻頭埋到派裡面，不知道爲什麼，卻沒有繼續吃。

艾布林．米斯從舷窗向外看，川陀已經在望——它的金屬外殼閃耀著明亮的光芒。杜倫也站在舷窗旁。

他以苦澀的語調說：「艾布林，我們白跑一趟了。騾的手下已經捷足先登。」

艾布林．米斯抬起手來擦擦額頭，那隻手似乎不再像以前那般豐滿。他的聲音聽來像是漫不經心的喃喃自語。

杜倫又氣又惱。「我是說，那些人知道基地已經淪陷。我是說……」

「啊？」米斯茫然地抬起頭。然後，他將右手輕輕放在杜倫的手腕上，顯然完全忘了剛才的談話。「杜倫，我……我一直凝望著川陀。你可知道……在我們抵達新川陀的時候……我就有一種怪異至極的感覺。那是一種衝動，是在我內心不停激盪的一種衝動。杜倫，我做得到；我知道我做得到。在我心中，所有的事情一清二楚——從來也沒有那麼清楚過。」

杜倫瞪著他——然後聳聳肩。這段對話並未爲他帶來什麼信心。

他試探性地問：「米斯？」

「什麼事？」

「當我們離開新川陀的時候，你沒有看見另一艘太空船降落吧？」

米斯只想了一下。「沒有。」

「我看見了。我想，可能只是我的想像，但也可能是那艘菲利亞緝私艦。」

「漢・普利吉上尉率領的那一艘？」

「天曉得是由誰率領的。根據馬巨擘的說法——米斯，它跟蹤我們到這裡了。」

艾布林・米斯沒有回應。

杜倫焦急地問：「你是不是哪裡不對勁？你還好嗎？」

米斯露出深謀遠慮、澄澈而奇特的眼神，卻沒有回答這個問題。

潔的黑鬍子。

他做了一個宇宙共通的和平手勢。雙手放在面前，粗壯長繭的手掌朝上。那名年輕男子向前走了兩步，並做出相同的動作。「我帶著和平而來。」

對方的口音非常陌生，不過那句話他還聽得懂，而且聽來很受用。他以莊重的語氣答道：「和平至上。農民團體歡迎你們，並將竭誠招待。你們餓了嗎？我們有吃的。你們渴了嗎？我們有喝的。」

對方慢慢地回答：「我們感謝你們的好意，等我們回到自己的世界，會爲你們的團體廣爲宣揚。」

這是個奇怪的回答，不過相當中聽。站在森特後面的農民都露出微笑，而從附近建築物中，還有不少農婦走了出來。

來到森特的住處後，他從隱密的角落取出一個盒子，打開上面的鎖，再推開鑲著鏡子的盒蓋，裡面是專爲重要場合準備的、又長又粗的雪茄。他將雪茄盒逐一遞向每位客人，輪到那名女子時，他猶豫了一下。她和男士們坐在一起；對於這種恬不知恥的行爲，這些異邦男士顯然同意，甚至視爲理所當然。於是，他硬邦邦地將雪茄盒遞過去。

她拿了一根雪茄，回報一個微笑，便開始享受吞雲吐霧的樂趣。李·森特必須盡力壓抑不斷冒起的嫌惡情緒。

用餐之前，異邦人與森特做了一段生硬的對話，客套地談到在川陀從事農業的情形。

那名老者首先問道：「水耕農業發展得如何？像川陀這樣的世界，水耕當然是不二的選擇。」

森特緩緩搖了搖頭，他感到有些茫然。他的知識都是從書本上讀到的，他並不熟悉那些事物。

「我想，你是指利用化學肥料的人工栽培法？不，在川陀行不通。水耕需要許多工業配合——比如說龐大的化學工業。遇到戰亂或天災，工業一旦停擺，大家就得挨餓了。此外，不是每樣食物都能用人工栽培，有些會因此流失養分。土壤又便宜又好——而且永遠可靠。」

「你們生產的糧食夠吃嗎？」

「絕對夠吃，雖然種類不多。我們還飼養家禽來生蛋，飼養乳牛羊來供應乳製品——不過肉類倒是需要跟其他世界交易。」

「交易？」年輕男子似乎突然有了興趣，「所以你們也有貿易。可是你們出口什麼呢？」

「金屬。」這個答案簡單明瞭，「你們自己看一看，我們的金屬存量無窮無盡，而且都是現成的。新川陀的人駕著太空船前來，拆掉我們指定地區的金屬板，用肉類、罐頭水果、濃縮食品、農業機具等作交換。他們獲得金屬，我們的耕地面積也增加了，雙方都受惠。」

他們享用了麵包、乳酪，還有極美味的蔬菜盅。等到冷凍水果——餐桌上唯一的進口食物——端上來的時候，這些異邦人表達了真正的來意。年輕男子拿出川陀的地圖。

李．森特冷靜地研究著那張地圖。等到對方說完了，他才表情嚴肅地說：「大學校園是保留區，我們農夫不在那裡種植作物。沒有必要的話，我們甚至不走進去。它是碩果僅存的幾處古蹟之一，我們希望都能保持完整。」

「我們是來尋求知識的，不會破壞任何東西。我們可以把太空船押在這裡。」老者提出這個建議——口氣急切而激動。

「這樣的話，我就可以帶你們去。」森特說。

當晚，四個異邦人入睡後，李．森特向新川陀送出一道訊息。

「喔，杜，別說了。」她厭倦地答道。

「喔，杜，別說了！」他不耐煩地模仿她。接著，他忽然又溫柔地說：「貝，你不想告訴我是怎麼回事嗎？我看得出你有心事。」

「沒有！杜，我沒有心事。如果你繼續這樣嘮嘮叨叨，我會給你煩死。我只不過……在想。」

「在想什麼？」

「沒什麼。好吧，是關於騾、赫汶、基地，還有一切的一切。我還在想艾布林・米斯，以及他會不會找到有關第二基地的線索，以及果眞找到的話，第二基地會不會肯幫我們——以及上百萬件其他的事。你滿意了嗎？」她的聲音愈來愈激動。

「如果你只是在胡思亂想，請你現在就停止好嗎？這樣是在自尋煩惱，對目前的情況於事無補。」

貝泰站起來，勉強笑了笑。「好吧，我現在開心了。你看，我不是高興得笑了嗎？」

外面突然傳來馬巨擘焦急的叫聲。「我親愛的女士——」

「什麼事？進來——」

貝泰說到一半猛然住口，因爲門推開後，出現的竟是一張寬大冷峻的臉孔……

「普利吉。」杜倫驚叫。

貝泰喘了幾口氣。「上尉！你是怎麼找到我們的？」

漢・普利吉走了進來。他的聲音清晰而平板，完全不帶任何感情。「我現在的官階是上校——在騾的麾下。」

「在……騾的麾下！」杜倫的聲音愈來愈小。室內三個人面面相覷，形成一幅靜止畫面。

目睹這種場面，馬巨擘嚇得躲到杜倫身後。不過沒有人注意到他。

貝泰雙手互相緊握，卻仍然在發抖。「你要來逮捕我們嗎？你真的投靠他們了？」

上校立刻回答說：「我不是來逮捕你們的，我的指令中並沒有提到你們。如何對待你們，我有選擇的自由，而我選擇和你們重敘舊誼，只要你們不反對。」

杜倫壓抑著憤怒的表情，以致臉孔都扭曲了。「你是怎麼找到我們的？所以說，你真的在那艘菲利亞緝私艦上？你是跟蹤我們來的？」

普利吉毫無表情的木然臉孔，似乎閃過一絲窘態。「我的確在那艘菲利亞艦上！我當初遇到你們……嗯……只不過是巧合。」

「這種巧合，數學上的機率等於零。」

「不。只能說極不可能，所以我的說法仍然成立。無論如何，你們曾向那些菲利亞人承認，說你們要前往川陀星區——當然，其實並沒有一個叫作菲利亞的國家。由於騾早就和新川陀有了接觸，要把你們扣在那裡是輕而易舉。可惜的是，在我抵達之前，你們已經跑掉了。我總算來得及命令川陀的農場，一旦你們到達川陀，立刻要向我報告。接到報告後，我馬上趕了來。我可以坐下嗎？我帶來的是友誼，請相信我。」

他逕自坐下。杜倫垂著頭，腦子一片空白。貝泰動手準備茶點，卻沒有半點熱誠或親切。

杜倫猛然抬起頭來。「好吧，『上校』，你到底在等什麼？你的友誼又是什麼？如果不是逮捕我們，那又是什麼呢？保護管束嗎？叫你的人進來，命令他們動手吧。」

普利吉很有耐心地搖搖頭。「不，杜倫。我這次來見你們，是出於我個人的意願，我是想來勸勸你們，別再做任何徒勞無功的努力。倘若勸不動，我馬上就走，如此而已。」

後的情感也許會對理性造成某方面的影響，但並非強迫性的。反之，我擺脫了過去的情感羈絆，有些事反而能看得更清楚。

「我現在看得出來，騾的計畫是睿智而崇高的。在我的心意『回轉』之後，我領悟到他從七年前發跡到現在的所有經歷。他利用與生俱來的精神力量，首先收服一隊傭兵。利用這些傭兵，加上他自己的力量，他攻佔了一顆行星。利用該行星的兵力，加上他自己的力量，他不斷擴張勢力範圍，終於能夠對付卡爾根的統領。每一步都環環相扣，合理可行。卡爾根成爲他的囊中物之後，他便擁有第一流的艦隊，利用這支艦隊，加上他自己的力量，他就能夠攻打基地了。

「基地具有關鍵性的地位，它是銀河系最重要的工業重鎭。如今基地的核能科技落在他手裡，他其實已經是銀河之主。利用這些科技，加上他自己的力量，他就能迫使帝國的殘餘勢力俯首稱臣，而最後——一旦那個又老又瘋、不久於人世的皇帝死去，他就能爲自己加冕，成爲有名有實的皇帝。有了這個名位，加上他自己的力量，銀河中還有哪個世界敢反抗他？

「過去七年間，他已經建立了一個新的帝國。換句話說，謝頓的心理史學需要再花七百年才能完成的功業，他利用七年時間就能達成目標。銀河即將重享和平與秩序。

「而你們不可能阻止他——就如同人力無法阻止行星運轉一樣。」

普利吉說完後，室內維持好一陣子的沉默。他剩下的半杯茶已經涼了，於是他將涼茶倒掉，重新添了一杯，一口一口慢慢喝著。杜倫憤怒地咬著指甲，貝泰則是臉色蒼白，表情僵凝。

然後貝泰以細弱的聲音說：「我們還是不信。如果騾希望我們信服，讓他自己到這裡來，親自制約我們。我想，你在『回轉』之前，一定奮力抵抗到最後一刻，是不是？」

「的確如此。」普利吉上校嚴肅地說。

「那就讓我們保有相同的權利。」

普利吉上校站起來。他以斷然的態度，乾脆地說：「那麼我走了。正如我剛才所說，我目前的任務和你們毫無瓜葛。因此，我想沒有必要報告你們的行蹤。這算不上什麼恩惠，如果騾希望阻止你們，他無疑會另行派人執行這件工作，而你們就一定會被阻止。不過，我自己犯不著多管閒事。」

「謝謝你。」貝泰含糊地說。

「至於馬巨擘，他在哪裡？馬巨擘，出來。我不會傷害你……」

「找他做什麼？」貝泰問道，聲音突然變得激昂。

「沒什麼，我的指令中也沒有提到他。我聽說他是騾指名尋找的對象，但既然如此，在合適的時候騾一定能找到他。我什麼也不會說。我們握握手好嗎？」

貝泰搖搖頭，杜倫則用目光來表現無力的輕視。

上校鋼鐵般強健的臂膀似乎微微下垂。他大步走到門口，又轉過身來說：

「還有最後一件事。別以為我不曉得你們為何那麼固執，我知道你們正在尋找第二基地。當時機來臨時，騾便會採取行動。沒有任何外力能夠幫助你們——但由於我早就認識你們，也許是良心驅使我這麼做。無論如何，我已盡力設法幫助你們，好讓你們及時回頭，避開最後的危險。告辭。」

他行了一個俐落的軍禮——便掉頭走了。

貝泰轉身面對啞口無言的杜倫，悄聲道：「他們連第二基地都知道了。」

而在圖書館一個幽深的角落，艾布林．米斯渾然不知這一切變故。在昏暗的空間中，他蜷縮在一絲光線下，得意洋洋地喃喃自語。

「問問你們自己——有什麼能夠推翻哈里．謝頓精密規劃的歷史，啊？」他帶著期望聽到答案的表情，來回望著對面的兩個人。「謝頓做過哪些原始假設？第一，在未來一千年間，人類社會並不會有基本的變化。

「比如說，假設銀河系的科技產生重大突破，例如發現了能源的新原理，或是電子神經生物學的研究大功告成。這些結果所導致的社會變遷，將令謝頓的方程式變得落伍。不過這種事並沒有發生，對不對？

「此外，假設基地以外的世界發明了一種新武器，足以和基地所有的武力相抗衡。這就可能導致無法挽救的偏差，雖說可能性不大。但是就連這種情況也沒有出現。騾的核場抑制器只是一種簡陋的武器，其實不難對付。雖然那麼不靈光，那卻是他唯一的一種新奇武器。

「然而，謝頓還有第二個假設，一個更微妙的假設！謝頓假設人類對各種刺激的反應是恆常不變的。倘若第一個假設至今仍舊成立，那麼第二個假設一定已經垮台！一定出現了什麼因素，使人類的情感反應扭曲和變質，否則謝頓的預測不可能失敗，基地也不可能淪陷。而除了騾，還可能有別的因素嗎？

「我說得對不對？我的推理有任何破綻嗎？」

貝泰用豐腴的手掌輕拍他的手。「艾布林，沒有破綻。」

米斯像小孩子一樣高興。「這個結論，以及其他許多結果，我都得來不費功夫。我告訴你們，有時我會懷疑自己起了什麼變化。我似乎還記得過去常常面對無數的疑團，如今卻通通一清二楚。難題全部消失了；無論碰到任何疑問，不知怎地，我在內心深處很快就能恍然大悟。而我的各種猜測、各種理論，好像總是能夠找到佐證。我心中有一股衝動……始終驅策我向前……所以我停不下來……我不想吃也不想睡……只想不斷繼續研究……不斷……繼續……」

他的聲音愈來愈小。他抬起顫抖的右手覆在額頭，那隻手臂枯瘦憔悴，佈滿一條條殷藍色的血管。他剛才露出的狂熱眼神，已在不知不覺間消逝無蹤。

他又以較平靜的口吻說：「所以，我從未告訴你們有關騾的突變能力，是嗎？可是……你們是不是說已經知道了？」

「艾布林，是普利吉上尉告訴我們的。」貝泰答道。「你還記得嗎？」

「他告訴你們的？」他的語氣中透出憤怒，「但他又是如何發現的？」

「他已經被騾制約了。他成了騾的部下，如今是一名上校。他來找我們，是想勸我們向騾投降，並且告訴我們——你剛才說的那些。」

「所以騾知道我們在這裡？我得加緊行動——馬巨擘在哪裡？他沒有跟你們在一起嗎？」

「馬巨擘正在睡覺。」杜倫有些不耐煩地說：「你可知道，現在已經過了午夜。」

「是嗎？那麼——你們進來的時候，我是不是睡著了？」

「你的確睡著了。」貝泰堅決地說：「你現在也不准再繼續工作，你應該上床休息。來，杜，幫我一下。艾布林，你別再推我，我沒有推你去淋浴，已經算是你的運氣。杜，把他的鞋子脫掉；明天你還要來，趁他還沒有完全垮掉，把他拖到外面呼吸呼吸新鮮空氣。艾布林，你看看你，身上都要長蜘蛛網了。你餓不餓？」

艾布林．米斯搖搖頭，又從吊床中抬起頭來，顯得又氣惱又茫然。「我要你們明天叫馬巨擘來這裡。」他喃喃道。

貝泰把被單拉到他的脖子周圍。「不，是我明天會來這裡，我會帶著換洗衣物來。你需要好好馬巨擘爬起來，壓低聲音熱情地說：「我親愛的女士！」

「馬巨擘，」貝泰說：「杜倫到農場去了，好一陣子才會回來。你能不能做個好孩子，幫我帶個信給他？我馬上就可以寫。」

「樂於效勞，我親愛的女士。只要我派得上一點點小用場，隨時樂意爲您效棉薄之力。」

然後，就只剩下貝泰與一動不動的艾布林．米斯。她伸出手來，用力按在他的肩頭。「艾布林──」

心理學家吃了一驚，氣急敗壞地吼道：「怎麼回事？」他瞇起眼睛看了看，「貝泰，是你嗎？馬巨擘到哪裡去了？」

「我把他支開了，我想和你獨處一會兒。」她故意一字一頓地強調。「艾布林，我要和你談談。」

心理學家作勢要繼續看投影機，肩膀卻被貝泰緊緊抓住。她清清楚楚摸到他衣服下面的骨頭。自從他們來到川陀，米斯身上的筋肉似乎一寸寸剝離。如今他面容消瘦，臉色枯黃，好幾天沒有刮鬍子。甚至坐著的時候，他的肩頭也明顯地垮下。

貝泰說：「艾布林，馬巨擘沒有打擾你吧？他好像一天到晚都待在這裡。」

「不，不，不！一點都沒有。哎呀，我不介意他在這裡。他很安靜，從來不打擾我。有時候他還會幫我搬膠捲；好像我還沒開口，他就知道我要找什麼。你就別管他了。」

「很好──可是，艾布林，他難道不會讓你納悶嗎？艾布林，你在聽我說話嗎？他難道不會讓你納悶嗎？」

她把一張椅子拉到他旁邊，然後坐下來瞪著他，彷彿想從他眼中看出答案。

艾布林．米斯搖搖頭。「不會。你這話是什麼意思？」

「我的意思是，普利吉上校和你都說騾能夠制約人類的情感。可是你能肯定這一點嗎？馬巨擘本身不就是這個理論的反例？」

接下來是一陣沉默。

貝泰眞想使勁搖晃這位心理學家，不過總算是忍住了。「艾布林，你到底是哪裡不對勁？馬巨擘是騾的小丑，他爲什麼沒有被制約成充滿敬愛和信心？那麼多人和騾接觸過，爲什麼只有他會憎恨騾？」

「可是……可是他的確被制約了。貝，我肯定！」一旦開口，他似乎就恢復了自信。「你以爲騾對待他的小丑，需要像對待將領一樣嗎？他需要將領們對他產生信心和忠心，但是小丑卻只需要充滿畏懼。馬巨擘經常性的驚恐是一種病態，你難道沒有注意到嗎？你認爲一個心理正常的人，會時時刻刻表現得那麼害怕嗎？恐懼到了這種程度就變成滑稽。或許騾就覺得這樣很滑稽——而且這也對他有利，因爲我們早先從馬巨擘那裡得知的事，並不能肯定哪些眞正有幫助。」

貝泰說：「你的意思是，馬巨擘提供的情報根本就是假的？」

「它是一種誤導，它被病態的恐懼渲染了。騾並不像馬巨擘所想像的，是個魁梧壯碩的巨人。除了精神力量之外，他很可能與常人無異。但是，他大概喜歡讓可憐的馬巨擘以爲他是超人……」心理學家聳聳肩，「總之，馬巨擘的情報不再重要。」

「那麼，什麼才重要呢？」

米斯只是甩開貝泰的手，回到投影機的懷抱。

「那麼，什麼才重要的？」她又重複一遍，「第二基地嗎？」

足以對付騾了嗎？最重要的是，他們瞭解其中的危險嗎？他們有沒有精明能幹的領導者？」

「但是只要他們遵循謝頓計畫，騾就必定會被第二基地打敗。」

「啊，」艾布林．米斯瘦削的臉龐皺起來，顯得若有所思。「又來啦？可是第二基地的任務比第一基地更爲艱難。它的複雜度比我們大得太多，失誤的機率也因而成正比。假如第二基地都無法擊敗騾，那可就糟了——糟透了。也許，這就是人類文明的終結。」

「不可能。」

「可能的。只要騾的後代遺傳到他的精神力量——你明白了嗎？『智人』將無法和他們抗衡。銀河中會出現一種新的強勢族群、一種新的貴族，而『智人』將被貶成次等生物和奴隸。有沒有道理？」

「沒錯，有道理。」

「即使由於某種因素，使得騾未能建立一個皇朝，他仍然能靠自己的力量，支撐一個畸形的新帝國。這個帝國將隨著他的死亡而灰飛煙滅，銀河系則會恢復到他出現之前的局勢。唯一不同的是，兩個基地將不復存在，而使那個眞正的、良善的『第二帝國』胎死腹中。這代表著上萬年的蠻荒狀態，代表著人類看不見任何希望。」

「我們能做些什麼呢？我們能警告第二基地嗎？」

「我們必須這麼做，否則他們可能一直不知情，終致被騾消滅，我們不能冒這種險——問題是我們沒有辦法警告他們。」

「沒有辦法嗎？」

「我不知道他們在哪裡。據說他們在『銀河的另一端』，但這卻是僅有的線索，所以有幾百萬個世界都可能是第二基地。」

「可是，艾布林，它們難道都沒有提到嗎？」她隨手指了指擺滿桌面的一大堆膠捲。

「沒有，沒有提到。至少，我還一直沒有找到。他們藏得那麼隱密，一定有重大意義。一定有什麼原因……」他再度露出迷惑的眼神，「我希望你馬上離開。我已經浪費太多時間，所剩無幾了——所剩無幾了。」

他掉過頭去，皺著眉頭，一臉不悅。

馬巨擘輕巧的腳步聲逐漸接近。「我親愛的女士，您的丈夫回來了。」

艾布林．米斯沒有跟小丑打招呼，他已經開始在用投影機了。

當天傍晚，聽完貝泰的轉述，杜倫說道：「貝，你認爲他說的都是對的？你並不認爲他……」他猶豫地住了口。

「杜，他說的都對。他生病了，這點我知道。他的那些變化，人瘦了好多，說話古裡古怪，都代表他生病了。但是當他提到騾、第二基地，或者和他現在的工作有關的話題時，請你還是相信他。他的思想仍和外太空一樣澄澈透明。他知道自己在說些什麼，我相信他。」

「那麼我們還有希望。」這句話算是半個疑問句。

「我……我還沒有想清楚。可能有！可能沒有！從現在起，我要隨身帶一把手銃。」她一面說話，一面舉起手中那柄閃閃發光的武器。「只是以防萬一，杜，只是以防萬一。」

「以防什麼萬一？」

貝泰近乎歇斯底里地哈哈大笑。「你別管了。也許我也有點瘋了——就像艾布林．米斯一樣。」

26 尋找結束

沒有任何人說任何一句話。轟擊的回聲一波波傳到外面各個房間，漸漸變成愈來愈小而模糊不清的隆隆聲。而回聲在完全消逝前，還來得及掩蓋貝泰的手銃掉落地板的聲響，壓制馬巨擘高亢的慘叫，並且淹沒杜倫含糊的怒吼。

接著，是好一陣子凝重的死寂。

貝泰的頭低垂下來。燈光照不到她的臉，卻將半空中一滴淚珠映得閃閃生輝。自從長大後，貝泰從來沒有哭過。

杜倫的肌肉拚命抽搐，幾乎就要爆裂，他卻沒有放鬆的意思——他覺得咬緊的牙齒似乎再也不會張開。馬巨擘的臉龐則一片死灰，像是一副毫無生氣的假面具。

杜倫終於從緊咬著的牙關中，硬擠出一陣含混的聲音。「原來你已經是騾的女人，他征服了你！」

貝泰抬起頭，噘著嘴，發出一陣痛苦的狂笑。「我，是騾的女人？這太諷刺了。」

她勉強露出一絲微笑，並將頭髮向後甩。漸漸地，她的聲音恢復正常，或說接近正常。「杜倫，一切都結束了；現在我可以說了。我還能活多久，自己也不知道。但至少我可以開始說……」

杜倫緊繃的肌肉鬆弛下來，變得軟弱無力又毫無生氣。「貝，你要說什麼？還有什麼好說的？」

「我要說說那些尾隨我們的災難。杜，我們以前曾經討論過，你不記得了嗎？爲什麼敵人總是跟在我們的腳後跟，卻從來沒有眞正抓到我們。我們到過基地，不久基地就淪陷了，當時獨立行商仍在奮戰——但我們及時逃到赫汶。當其他的行商世界仍在頑抗時，赫汶卻率先瓦解——而我們又一次及時逃脫。我們去了新川陀，如今新川陀無疑也投靠了騾。」

杜倫仔細聽完，搖了搖頭。「我不明白你的意思。」

「杜，這種境遇不可能出現在眞實生活中。你我只是微不足道的小人物，不可能在短短一年間，太空啊，不停地捲入一個又一個的政治漩渦——除非我們帶著那個漩渦打轉。除非我們隨身帶著那個禍源！現在你明白了嗎？」

杜倫緊抿嘴唇，目光凝注在一團血肉模糊的屍塊上。幾分鐘前，那還是個活生生的人，他感到無比的恐怖與噁心。

「讓我們出去，貝，讓我們到外面去。」

外面是陰天。陣陣微風輕輕拂過，吹亂了貝泰的頭髮。馬巨擘躡手躡腳地跟在他們後面，在勉強聽得到他們談話的距離，他心神不寧地來回走動。

杜倫以緊繃的聲音說：「你殺了艾布林．米斯，是因爲你相信他就是那個禍源？」他以爲從她眼中得到了答案，又悄聲說：「他就是騾？」他雖然這麼說，卻不相信——不能相信自己這句話的含意。

貝泰突然尖聲大笑。「可憐的艾布林是騾？銀河啊，不對！假使他是騾，我不可能殺得了他。他會及時察覺伴隨著動作的情感變化，將它轉化成敬愛、忠誠、崇拜、恐懼，隨他高興。不，我會殺死艾布林，正因爲他並不是騾。我殺死他，是因爲他已經知道第二基地的位置，再遲兩秒鐘，他就會把這個祕密告訴騾。」

「就會把這個祕密告訴騾……」杜倫傻愣愣地重複著這句話，「告訴騾……」

他凝望著貝泰，褐色眼珠透出的仍是那個小丑「馬巨擘」充滿溫柔與傷感的眼神。

「我的童年實在不堪回首。」他開始了敘述，迫不及待地迅速說道：「這點或許你們能夠瞭解。我的瘦弱是先天的，我的鼻子也是生來如此。所以我不可能有一個正常的童年。我的母親來不及看我一眼就去世了，而我從來不知道父親是誰。我的成長過程是自生自滅，心靈遭受數不盡的創傷和折磨，以致充塞著自憐和仇恨。我被視為一個古怪的小孩。大家對我敬而遠之，大多是出於嫌惡，少數則是由於害怕。在我身邊，常會發生意想不到的怪事——不過，不提這些了！正是由於這些怪事太多，才使得普利吉上尉在調查我的童年時，瞭解到我是個突變種。這個事實，我直到二十幾歲才眞正發覺。」

杜倫與貝泰茫然地聽著。每一句話都像一個浪頭，兩人坐在原地一動不動，幾乎沒有聽進多少。小丑——騾，在兩人面前踱著碎步，他面對著自己環抱胸前的雙手，繼續滔滔不絕地說：

「對於自己這種不尋常的能力，我似乎是慢慢體會出來的，簡直慢得不可思議。即使在我完全瞭解之後，我還是不敢相信。對我而言，人的心靈就像刻度盤，其上的指針所指示的，就是那個人最主要的情感。這個比喻並不高明，但除此之外，我又要如何解釋呢？慢慢地，我發現自己有辦法接觸到那些心靈，將指針撥到我所希望的位置，並讓它永遠固定在那裡。又過了很久之後，我才瞭解別人都沒有這種本事。

「我體認到自己具有超人的能力，隨之而來的念頭，便是要用它來補償我悲慘的早年。也許你們能瞭解這一點，也許你們能試著去瞭解。身為畸形人，絕不是一件容易的事——尤其是對於這個事實，我自己完全心知肚明。那些刻毒的嘲笑和言語！與衆不同！非我族類！

「你們從未嘗過那種滋味！」

他抬頭望著天空，又搖搖晃晃地踮起腳尖，面無表情地沉浸在回憶中。「但是我終於學會如何自處，並且決定要將銀河踩在腳下。好，銀河目前是他們的，我就耐著性子忍氣吞聲——足足二十二年之久。現在該輪到我了！該讓你們這些人嘗嘗那種滋味！不過銀河佔了絕大的優勢——我只有一個！對方卻有千兆人！」

他頓了一頓，向貝泰迅速瞄了一眼。「可是我也有弱點，我自己做不了任何事。如果我想攫取權力，就得假借他人之手。必須透過中間人，我才能有所成就。一向如此！正如普利吉所說的，我先利用一個江洋大盜，得到了第一個小行星據點。再通過一個實業家，首度佔領一顆行星作爲根據地。然後又透過許許多多的人，包括那位卡爾根統領，我攻下了卡爾根，擁有了一支艦隊。然後，下一個目標便是基地——這時你們兩位出場了。

「基地，」他柔聲道：「我從未面對過那麼艱巨的目標。想要攻下基地，我必須先收服、打垮或中和基地絕大多數的統治階級。我可以從頭做起——但也有捷徑可循，於是我決定抄捷徑。畢竟，一名大力士若能舉起五百磅的重物，並不代表他喜歡永遠舉著不放。我控制情感的過程並不簡單，除非絕對必要，我會盡量避免使用。所以在我對付基地的首波行動中，我希望能找到盟友。

「我化裝成小丑，開始尋找基地的間諜。我確定基地派出一至數名的間諜，到卡爾根來調查我的底細。現在我知道，當初我要找的是漢·普利吉。由於意想不到的好運，我卻先碰到你們兩位。我擁有精神感應力，卻沒有高段的讀心術，而你，我親愛的女士，你是從基地來的。我誤以爲你就是我的目標。這並不是嚴重的錯誤，因爲普利吉後來還是加入我們，卻是導致致命錯誤的第一步。」

杜倫直到此時才挪動了一下，並用憤怒的語調說：「等一等。你的意思是，當我手中只有一柄稽。她就是喜歡我！

「你難道不明白嗎？你看不出這對我有多大意義嗎？過去從來沒有人……唉，我……非常珍惜。雖然我能操控每個人的情感，卻被自己的情感愚弄了。我並未碰觸她的心靈，你懂了吧；我完全沒有影響她。我太過珍惜那份自然的情感。這就是我的錯誤——首要的錯誤。

「你，杜倫，一直在我控制之下。你從未懷疑我，從未質疑我，也從未發現我有任何特別或奇怪之處。比如說，當那艘『菲利亞』星艦攔下我們的時候。對了，他們會知道我們的位置，是因爲我一直和他們保持聯繫，正如我一直和將領們保持聯繫一樣。當他們攔下我們的時候，我被帶到他們的星艦上，其實是去制約囚禁在那裡的漢·普利吉。當我離開的時候，他已經是騾的一名上校，而且成爲那艘星艦的指揮官。杜倫，整個過程實在太明顯，連你都應該看得出來。你卻接受了我所提出的解釋，雖然它漏洞百出。明白我的意思嗎？」

杜倫露出痛苦的表情，反問道：「你如何和你的將領們保持聯絡？」

「這不是什麼難事。超波發射器操作簡便又容易攜帶。實際上，我也不會被人發現！萬一有人撞見我在收發訊號，他的記憶就會被我切掉一小片。這種情況偶爾會發生。

「在新川陀的時候，我自己的愚蠢情感再度背叛了我。貝泰雖然不在我的控制下，但我若能保持頭腦冷靜，不去對付那個皇儲，她也絕不會開始懷疑我。可是皇儲對貝泰不懷好意，這點惹惱了我，所以我殺了他。這是個愚蠢的舉動，其實我們只要悄悄逃走即可。

「你雖然起疑，但還是不太肯定。而我卻一錯再錯，我不該放任普利吉對你們苦口婆心地喋喋不休，也不該把全副精神放在米斯身上，因而忽略了你……」他聳了聳肩。

「你都說完了嗎？」貝泰問道。

「都說完了。」

「現在，你準備怎麼辦？」

「我會繼續我的計畫。我也知道，在如今這個退化的時代，不太可能再找到像艾布林．米斯那樣既聰明又受過完整訓練的專家。我必須另行設法尋找第二基地。就某個角度而言，你們的確擊敗了我。」

現在貝泰也站起來，露出勝利的表情。「就某個角度而言？只是某個角度？我們將你徹底擊敗了！除了基地，你其他的勝利都微不足道，因為銀河系如今是一片蠻荒的虛空。而攻佔基地也只能算小小的勝利，因為對於像你這種意料之外的危機，基地本來就沒有勝算。你真正的敵人是第二基地——第、二、基、地——而第二基地一定會擊敗你。你唯一的機會，是在它準備好之前找到它並消滅它。現在你已經做不到了。從現在開始，他們會加緊準備，每分鐘都不會浪費。此時此刻，此、時、此、刻，整個機制也許已經開始運轉。當它攻擊你的時候，你就會知道了。你短暫的權力即將消失，而你會像其他那些曾經不可一世的征服者一樣，在一頁血腥的歷史上迅速而卑賤地一閃而過。」

她大口大口地呼吸，幾乎由於太過激動而喘不過氣來。「杜倫和我，我們已經擊敗了你。我如今死也瞑目。」

騾的一雙傷感的褐色眼睛，仍是馬巨擘那一雙傷感又充滿愛意的褐色眼睛。「我不會殺你或你的丈夫。畢竟，你們兩人不可能再對我造成進一步的傷害；而且殺了你們也不能讓艾布林．米斯起死回生。我的錯誤是咎由自取，我自己承擔全部責任。你的丈夫和你自己都可以離開！平安地走吧，就衝著我所謂的——友誼。」

中英名詞對照表

〔A〕
Academy of Science 科學院
adhesion-field 附著場｛杜撰名詞｝
air dryer 空氣乾燥室
air vessel 飛船
air-car 飛車
all-Trader convention 行商大會
Ammel Brodrig 安枚爾・布洛綴克｛樞密大臣｝
Ammenetik the Great 安美尼迪克大帝｛帝國皇帝｝
arm 旋臂｛天文學名詞｝
Armada 艦隊
Asperta 阿斯波達｛行星｝
Association of Independent Traders 獨立行商協會
asteroid 小行星｛天文學名詞｝
Autarchy of Filia 菲利亞自治領｛虛構的小王國｝
axiom 公理｛數學名詞｝

〔B〕
Bayta 貝泰號｛太空船名｝
Bayta=Bay 貝泰、貝｛第二篇女主角｝
Bel Riose 貝爾・里歐思｛帝國大將｝
binding field 吸附場｛杜撰名詞｝
blast pistol 手銃｛杜撰名詞｝
blast-gun 核銃｛杜撰名詞｝
Bobo 波波｛小丑的原名｝
Bonde 龐第｛行星｝
book-film 書報膠捲｛杜撰名詞｝
book-film projector 書報投影機｛杜撰名詞｝
Bureau of Historical Science 歷史科學局
Bureau of Production 生產局
busbar 匯流條｛電機名詞｝

〔C〕
captain 上尉｛陸軍階級｝
Captain Han Pritcher 漢・普利吉上尉｛基地情報員｝
Captain of the Guard 禁衛軍隊長
cell（船庫）隔間
Central Galaxy 銀河核心
Central Sector 核心星區
chamberlain 侍從官
Characteristic-Analysis 個人特徵分析
chart 星圖
Chart of Federation 聯盟憲章
Cleon II 克里昂二世｛帝國皇帝｝
cluster 星團｛天文學名詞｝
Cluster 星團號｛星艦名｝
co-ordinator 協調官
cochlea 耳蝸｛醫學名詞｝
colonel 上校｛陸軍階級｝、團長
Combines 企業聯營組織
Commander Yume 尤姆指揮官｛里歐思手下｝
concentric circles 同心圓｛數學名詞｝
condition 制約｛心理學動詞｝
confederation of cities 城邦

conspirator 謀反者
contact-point 接點
controls 控制台
conversion 回轉｛杜撰名詞｝
convert 回轉者｛杜撰名詞｝
convolution 腦回｛醫學名詞｝
convoy 護航艦
Council of Lords 諸侯大會
crown prince 皇儲
cruiser squadron 巡弋艦中隊
crystal 水晶像｛杜撰名詞｝

〔D〕
Dagobert IX 達勾柏特九世｛銀河帝國末代皇帝｝
Dark Stars 黑暗星帶
Delicass 迪里卡絲｛新川陀的原名｝
democrat 民主份子
democratic opposition 民主反動派
Democratic Underground Party 民主地下黨
diffraction pattern 繞射圖樣｛物理學名詞｝
directional control 方向控制器
Dr. Amann 亞曼博士｛基地大學教授｝
Ducem Barr 杜森・巴爾｛西維納老貴族｝
dust-cloud 塵雲｛天文學名詞｝

〔E〕
eardrum 耳鼓｛醫學名詞｝
Ebling Mis 艾布林・米斯｛基地首席心理學家｝
electric whip 電鞭｛杜撰名詞｝
electronic barrier 電子柵欄｛杜撰名詞｝
electronic neurobiology 電子神經生物學｛杜撰名詞｝
emotional balance 情感平衡
Enclosure=enclosing sphere 包圍網
Engine Factory 發動機總廠
Engineer Orre 歐雷技師｛里歐思手下｝
Entry Cards 入境表格
ephemeris 星曆表｛天文學名詞｝
Extinguishing Field 抑制場｛杜撰名詞｝
extrapolation 外推｛數學名詞｝

〔F〕
field commander 前線指揮官
field uniform 野戰服
force-field pillow 力場枕
forward base 前進據點
Fox 狐狸｛基地地下組織成員｝
Fran=Franssart 弗南、弗南薩特｛杜倫的父親｝

〔G〕
Galactic Lens 銀河透鏡｛杜撰名詞，比喻銀河系形狀｝
galaxy 星系
gap（超空間）裂隙｛杜撰名詞｝
Garre 蓋雷｛基地地下組織成員｝
General Headquarters 總司令部
generator 產生器
geometric progression 幾何數列｛數學名詞｝
Gilmer 吉爾模｛帝國叛將｝
Gleiar City 葛萊爾市｛赫汶星的城市｝
Grand Fleet 大艦隊
Great Sack 大浩劫
Guards 禁衛軍

peer 高級貴族
Personal Characteristic 個人特徵資料
personal shield 個人防護罩
perturbation 微擾｛物理學名詞｝
Peurifoy 勃利佛｛帝國大將｝
photocell 光電管｛電機名詞｝
photonic eye 光眼｛杜撰名詞｝
pilot room 駕駛艙
pleasure ship 遊艇
Pleiades 昂宿星團｛天文學名詞｝
pocket-transmitter 口袋型閱讀機
Porfirat Hart 波菲萊特·哈特｛基地地下組織小組長｝
port=porthole 舷窗、舷門
Previous Enclosure 先制包圍
prince 太子
Privy Secretary 樞密大臣
protective screen 防護幕
Psychic Probe=Probe 心靈探測器｛杜撰名詞｝
puncher 打孔機

〔R〕
radial projection 徑向投影｛數學名詞｝
radiant Will-Depresser 輻射式意志抑制器
radiating point 集結點
radiation（電磁）輻射
radiation-chamber 放射線室｛杜撰名詞｝
radiation-proof 抗放射
radio-beamed 無線電波導航
Radole 拉多爾｛行星、都市｝
radometer 輻射計｛物理學名詞｝
Randu 藍度｛杜倫的叔叔｝
rear admiral 少將｛海軍階級｝
receiver 收訊器｛電機名詞｝、閱讀機｛杜撰名詞｝
Reception Indicator 收訊指示器
Red Dwarf 紅矮星｛天文學名詞｝
red giant 紅巨星｛天文學名詞｝
regent 攝政（王）
ribbon world 帶狀世界
Ricker 萊可｛帝國皇帝｝

〔S〕
Salinnian 沙林｛地名｝
scanner 掃瞄儀
scout ship 斥候艦
scouting party（偵察）分遣隊
Secret Service 祕密警察
Sennett Forell 森內特·弗瑞爾｛基地大亨｝
Sergeant Mori Luk 莫里·路克中士｛里歐思手下｝
shield-generator 防護罩產生器
Shield-man 防護罩技工｛杜撰名詞｝
ships of the line 主力艦
signal tube 傳聲管
simulacrum 擬像｛杜撰名詞｝
simulate 擬像｛杜撰的動詞｝
sleep period 睡眠時刻｛杜撰名詞｝
sovereign 元首
space fiend 宇宙邪靈
spatial tactics 太空戰術｛杜撰名詞｝
sponge-foam 發泡海綿｛材料科學名詞｝
squadron 分遣艦隊
Starlet 小星號｛巡邏艦名｝
stun pistol 麻痺鎗｛杜撰名詞｝
subetheric trimensional thriller 次乙太三維驚險影片

Summa 薩馬｛地名｝
summer planet=Summer Planet 避暑行星
supercauseway 超級跑道｛杜撰名詞｝
surface probe 表層探測器｛杜撰名詞｝

〔T〕
task force 特遣隊
televisor 電視幕
Terel 泰瑞爾｛地名｝
terminal plate 電極板｛電機名詞｝
third-level equation 三階方程式｛數學名詞｝
thought-pattern 思考模式
tight attraction field 強力吸附場｛杜撰名詞｝
tight beam 密封波束｛杜撰名詞｝
Toran=Torie 杜倫、杜｛第二篇男主角｝
Trade Fleet 太空商船隊
Trading Trusts 聯合企業
transmitter 發射器｛電機名詞｝、閱讀機｛杜撰名詞｝
transmutation of elements 元素嬗變｛物理學名詞｝
Tribune 論壇報
Twentieth Fleet of the Border 邊境第二十艦隊
twilight zone 過渡地帶

〔U〕
Under-Offer 下級軍官
underground 地下組織
unprintable ×××的｛不雅口頭語的代號｝

〔V〕
viewtable 顯像台｛杜撰名詞｝
visi-screen 電視幕
Visi-Sonor 聲光琴｛杜撰名詞｝
visual 視訊通話器
Vrank 威蘭克｛里歐思手下｝

〔W〕
waking period 清醒時刻｛杜撰名詞｝
wall lights 壁光｛杜撰名詞｝
wall recess=recess 壁槽
Wanda 萬達｛行星｝
War Department 軍部
war zone 戰區
warlord 統領｛正式名稱｝、軍閥｛輕蔑語｝
warning field 警報場｛杜撰名詞｝
weather-conditioning machinery 氣候調節機制｛杜撰名詞｝
Willig 威利克｛基地地下組織成員｝

〔Y〕
Your Imperial Majesty 大帝陛下

「基地」三部曲、「銀河帝國」三部曲，以及「機器人」系列的《我，機器人》、《鋼穴》與《裸陽》。一九五七年十月，前蘇聯發射世界第一枚人造衛星「旅伴一號」（Sputnik 1），美國上上下下大感震撼，艾西莫夫遂決心致力科學知識的推廣。因此在一九六〇與七〇年代，他的寫作重心轉移到各類科普文章及書籍，從天文、數學、物理、化學、地球科學到生命科學，幾乎涵蓋自然科學所有的領域。其中最具代表性的，或許是下面這本數度增修、數度更名的科學百科全書：

《智者的科學指南》The Intelligent Man's Guide to Science（1960）
《智者的科學新指南》The New Intelligent Man's Guide to Science（1965）
《艾西莫夫科學指南》Asimov's Guide to Science（1972）
《艾西莫夫科學新指南》Asimov's New Guide to Science（1984）

許多人都會寫科普文章，卻鮮有能像艾西莫夫寫得那麼平易近人、風趣幽默而又不拖泥帶水。在美國乃至整個英語世界，「艾氏科普」在科學推廣上一向扮演著重要的角色。長久以來，艾西莫夫一直是科學界與一般人之間的橋樑——生硬深奧的科學理論從這頭走過去，深入淺出的科普知識從另一頭走出來。

艾西莫夫博學多聞，一生不曾放過任何寫作題材。據說有史以來，只有他這位作家寫遍「杜威十進分類法」：〇〇〇「總類」、一〇〇「哲學類」、二〇〇「宗教類」、三〇〇「社會科學類」、四〇〇「語文」、五〇〇「自然科學類」、六〇〇「科技」、七〇〇「藝術」、八〇〇「文學」、九〇〇「地理」。無論上天下海、古往今來的任何主題，他都一律下筆萬言、洋洋灑灑。自有人類以來，從來沒有第二個人，曾就這麼多題材寫過這麼多本書。後世子孫將很難相信，在「前網路時代」（prenet era），地球上出現過這樣一位血肉之軀的百科全書。

博古通今的艾西莫夫寫起文章總是旁徵博引，以宏觀的角度做全面性觀照。他最喜歡根據歷史發展的脈絡，指出人類未來的正確走向。而在艾西莫夫眼中，理性是人類最基本也是最後的憑藉，人類的進步史就是一部理性發達史。因此任何反理性的言論，都是他口誅筆伐的對象；任何反智的人物，從高級神棍到低級政客，都逃不過他尖酸卻不刻薄的修理。

艾西莫夫雖然未曾標榜自己是未來學家，卻對各個層面的未來都極爲關切。大至未來的太空殖民，小至未來可能的收藏品，都是他津津樂道的題目。他的科技預言一向經得起時間考驗，令人懷疑他簡直是個自由穿梭時光的旅人。例如他在一九八〇年寫過一篇〈全球化電腦圖書館〉，我們只要讀上幾段，便會赫然發現主題正是十五年後的「全球資訊網」。而他在發表於一九八八年的〈化學工程的未來〉這篇文章中，則已經討論到當今最熱門的生物科技。

＊　＊　＊

艾西莫夫著作適身，但不論他自己或是全世界的讀者，衷心摯愛的仍是他的科幻小說。身爲科

【點滴拾遺】

☆名嘴：艾西莫夫很早就到處「現身說法」，但一向不準備講稿，總是以即席演講贏得滿堂喝采。

☆婚姻：艾西莫夫結過兩次婚，顯然第二次婚姻較爲美滿。他的第二任妻子珍娜（Janet Asimov）本是一位精神科醫師，在夫婿大力協助下，退休後成爲一名相當成功的作家。

☆懼高症：艾西莫夫筆下的人物經常遨遊太空，他本人卻患有懼高症，一九四六年後便從未搭過飛機。

☆短篇最愛：其實艾西莫夫自己最滿意的科幻短篇是〈最後的問題〉（The Last Question, 1956），他笑說自己只用了短短數千字，便涵蓋宇宙兆年的演化史。或許由於這篇小說稍嫌深奧，因此始終未曾改寫成長篇。

☆死於任上：艾西莫夫曾將這個心願寫在〈速度的故事〉（Speed）一文中。這篇短文是他爲《艾西莫夫科幻雜誌》撰寫的最後一篇「編者的話」，刊登於該雜誌一九九二年六月號。

【網站資料】

艾西莫夫首頁：http://www.asimovonline.com/

艾西莫夫FAQ：http://www.asimovonline.com/asimov_FAQ.html

艾西莫夫著作目錄（依類別）：http://www.asimovonline.com/oldsite/asimov_catalogue.html

艾西莫夫著作目錄（依時序）：http://www.asimovonline.com/oldsite/asimov_titles.html

【譯者簡介】

葉李華

一九六二年生，台灣大學電機系畢業，加州大學柏克萊分校理論物理博士，致力推廣中文科幻與通俗科學二十餘年，相關著作與譯作數十冊。自一九九〇年起，即透過各種管道譯介、導讀及講授艾西莫夫作品，被譽爲「艾西莫夫在中文世界的代言人」。

奇幻基地20週年・幻魂不滅，淬鍊傳奇

集點好禮瘋狂送，開書即有獎！購書禮金、6個月免費新書大放送！

活動期間，購買奇幻基地作品，剪下回函卡右下角點數，
集滿兩點以上，寄回本公司即可兌換獎品&參加抽獎！
參加辦法與集點兌換說明：
活動時間：2021年3月起至2021年12月1日（以郵戳為憑）
抽獎日：2021年5月31日、2021年12月31日，共抽兩次
奇幻基地2021年3月至2021年12月出版之新書，每本書回函卡右下角都有一點活動點數，剪下新書點數集滿兩點，黏貼並寄回活動回函，即可參加抽獎！單張回函集滿五點，還可以另外免費兌換「奇幻龍」書檔乙個！

【集點處】（點數與回函卡皆影印無效）

1	2	3	4	5
6	7	8	9	10

活動獎項說明：

★ **「基地締造者獎・給未來的讀者」抽獎禮**：中獎後6個月每月提供免費當月新書一本。（共6個名額，兩次抽獎日各抽3名）

★ **「無垠書城・戰隊嚴選」抽獎禮**：中獎後獲得戰隊嚴選覆面書一本，隨書附贈編輯手寫信一份。（共10個名額，兩次抽獎日各抽5名）

★ **「燦軍之魂・資深山迷獎」抽獎禮**：布蘭登．山德森「無垠祕典限量精裝布紋燙金筆記本」。
抽獎資格：集滿兩點，並挑戰「山迷究極問答」活動，全對者即有抽獎資格（共10個名額，兩次抽獎日各抽5名），若有公開或抄襲答案者視同放棄抽獎資格，活動詳情請見奇幻基地FB及IG公告！

特別說明：

1. 請以正楷書寫回函卡資料，若字跡潦草無法辨識，視同棄權。
2. 活動贈品限寄台澎金馬。

當您同意報名本活動時，您同意【奇幻基地】（城邦文化事業股份有限公司）及城邦媒體出版集團（包括英屬蓋曼群島商家庭傳媒股份有限公司城邦分公司、書虫股份有限公司、墨刻出版股份有限公司、城邦原創股份有限公司），於營運期間及地區內，為提供訂購、行銷、客戶管理或其他合於營業登記項目或章程所定業務需要之目的，以電郵、傳真、電話、簡訊或其他通知公告方式利用您所提供之資料（資料類別C001、C011等各項類別相關資料）。利用對象亦可能包括相關服務的協力機構。如您有依個資法第三條或其他需要協助之處，得致電本公司（(02) 2500-7718）。

個人資料：

姓名：____________________ 性別：□男 □女

地址：______________________________ Email：____________________

想對奇幻基地說的話或是建議：____

FB粉絲團　戰隊IG日常

奇幻基地20週年慶・城邦讀書花園2021/12/31前樂享獨家獻禮！
立即掃描QRCODE可享50元購書金、250元折價券、6折購書優惠！
注意事項與活動詳情請見：https://www.cite.com.tw/z/L2U48/

讀書花園

請剪下右側點數，貼於集點處，集滿兩點即可參加抽獎

1p 2021